KB164580

내 인생의 오케스트라

바닥에서 피아노조율사 교수가 되기까지

내 인생의 오케스트라

초판인쇄 2022년 1월 11일
초판발행 2022년 1월 14일

지은이 김현용
발행인 조현수
펴낸곳 도서출판 더로드
기획 조용재
마케팅 최관호
편집 권 표
디자인 토 닥

주소 경기도 고양시 일산동구 백석2동 1301-2
넥스빌오피스텔 704호
전화 031-925-5366~7
팩스 031-925-5368
이메일 provence70@naver.com
등록번호 제2015-000135호
등록 2015년 06월 18일
ISBN 979-11-6338-207-2 03810

정가 15,000원

김현용 지음

들어가는 말

삶을 바꾸고 싶다면 움직여라, 지금 당장.

삶을 살아가는 데는 가정환경이나 주변 환경이 많은 영향을 준다. 지리산 첩첩산중 산촌에서 태어난 나는 물질적으로 풍족하거나 많은 것을 가져 보지 못했다. 초등학교(그 당시 국민학교) 1학년 때 보자기에 책을 싸서 어깨에 사선으로 메고 학교를 열심히 뛰어다니기도 했다. 앞에 타이어 그림이 그려진 검정 고무신을 신고 어린 시절을 보냈다. 주변 친구들 중에서 책보자기를 메고 고무신 신고 학교 다닌 건 나밖에 없었던 것 같다.

일곱 살 무렵, 도시로 이사를 왔고 부모님과 할머니, 1남 5녀, 9명의 가족이 넉넉하게 살기는 어려운 형편이었다. 학창 시절을 마무리하고 2대 독자로 6개월의 군 생활을 마쳤다. 'KBS 무엇이든 물어보세요'를 통해서 피아노 조율사에 대해서 알게 됐다. 운명적으로 피아노조율사로서의 삶을 시작했다. 31년의 시간 동안 피아노 조율사로 지구 30바퀴만큼의 출장을 다녔다. 지금까지 내가 조율 수리

한 피아노는 7만 대가 넘는다. 단 한 시간도 쉬지 않고 10년간 계속 피아노 조율을 해야 가능한 시간이다. 한 가지 일을 포기하지 않고 최선을 다해 노력해서 국가공인자격증 4개를 취득했고 민간자격증도 40여 개 취득할 수 있었다.

가정환경이나 주변 환경에 많은 영향을 받을 수밖에 없는 우리들의 삶은 분명히 인간으로서 한계가 있는 것은 사실이다. 하지만, 처해 있는 상황이 어렵고 힘들다고 해서 포기하거나 멈춰 버린다면 꿈꾸는 목적지에 도달하는 것은 불가능해진다. 수년간의 노력 끝에 '피아노 조율학과 교수'와 '대한민국 피아노 조율 수리 대한명인'에 도전해서 추대식을 마쳤다.

'대한민국 피아노 조율 수리 대한명인' 도전에 서류를 접수하고 파워포인트 110페이지 분량의 서류와 관련 사진, 활동 내역, 수상 경력, 자격증을 제출했다. 피아노 조율사로 일해 왔던 지난 31년을 한 번에 관련 서류들을 정리하기는 쉽지 않았다. 며칠에 걸쳐서 서류 접수 절차에 맞춰서 분류작업을 하고 증빙자료들과 사진들을 준비하고 서류접수를 마쳤다.

얼마 후 제출한 서류는 통과됐다. 제출한 서류의 내용을 바탕으로 31년 피아노 조율에 관한 면담과 공방 현장실사가 이루어졌다. 2시간여의 현장실사가 끝나고 2주 후쯤 '대한민국 피아노 조율 수리 대한명인'으로 선정되었다는 통지를 받았다. 지난 31년간 피아노 조율 관련 국가공인자격증을 취득하고 한 단계 한 단계 밑바닥부터 조금씩 성장해서 목표와 꿈을 이룰 수 있었다.

물질적으로 풍족하지 못했던 고향을 떠나 도시로 이사 와서 학창 시절을 보내고, 성인이 돼서는 쉽지 않았던 주변 환경을 과감하게 이겨냈다. 피아노 조율사로 처음 근무했던 피아노 매장에서 김 기사로 불리던 나는, 김 과장으로 몇 년의 시간이 지나서 백화점 피아노 매장 지점장이 됐다.

꿈과 목표는 거기서 멈추지 않았다. 대학교를 졸업하고 대학원에 진학해서 석사학위를 받았다. 피아노 조율로 석사 논문을 남겼다. 대학원 졸업 후에도 도전은 멈추지 않았다. 꿈꾸었던 피아노 조율과 교수가 됐다. 그리고 '대한민국 피아노 조율 수리 1호 대한명인'이 됐다. 지나온 삶의 순간에 안주하고 멈췄다면 31년의 세월 동안 밑바닥 김 기사에서부터 김 교수, 대한명인까지 올 수 없었을 것이다.

형제가 많았던 상황에서 경제 상황이 넉넉하지 않았지만 나의 모습을 비관하지는 않았다. 꿈꾸고 생각하는 것들을 행동으로 옮기고 끊임없이 노력하며 한발씩 앞으로 나아갔다. '꿈꾸는 사람은 자신을 포기하지 않는다.'라는 말이 있다. 지금도 목표하는 것들을 향해 끊임없이 노력한다. 지금도 하루하루를 허송세월하지 않는다. 목표를 이루고 행복한 삶을 지속적으로 만들어나갔다. 나는 "내가 행복해야 나로 인해서 내 가족, 또 내가 만나는 많은 사람들도 행복해질 수 있다."라고 늘 말하곤 한다.

자신의 행복은 다른 사람이 챙겨 주지 않는다. 스스로 꿈꾸고 그 꿈을 이루기 위해서 끊임없이 노력하고 부단히 자신을 응원하고 독려해 나갈 필요가 있다. '자신에게 관대한 사람은 성공을 이루기 어렵다.' 그렇다고 해서 너무 자신을 채찍질하거나 괴롭힐 필요는 없다. 감당할 수 있을 만큼의 아주 작은 목표들로 성과를 내고 지속적으로 앞으로 나아가라.

누구나 어려운 상황이나 힘겨운 상황들을 만나게 되면 자신의 꿈과 현실은 많이 다르다는 것을 알게 된다. 현실의 벽에 부딪혔을 때 이겨내기란 쉽지만은 않은 일이다. 그러나 자신의 행복을 일궈나가는 사람은 포기하지 않는다. 어떤 상황에서 쉽게 즐기지 못한다고 해도 자기 자신을 믿고 하나씩 헤쳐나간다.

세계적인 경제가 흔들리고 경기 침체가 지속되고 있다. 이런 상황에서 많은 사람들이 이 책을 읽고 희망을 갖고 포기하지 않고 자신의 꿈을 성취하는 결과를 얻었으면 한다. 전 세계적인 바이러스의 공포와 경기 침체를 이겨낼 수 있는 것은 자신의 강한 결심과 노력뿐이다.

많은 경험을 하고 책들을 보고 강의를 듣고 자신의 발전을 위해서 노력하지만 삶이 바뀌지 않는 사람들이 많다. 그 이유는 단 한 가지다. 보고 듣고 느끼기만 하고 자신의 삶에 많은 것들을 적용하지 않기 때문이다. 경험했다면 삶에 꼭 적용하고 다시 수정해 나가길 바란다. 그러면 그 꿈과 목표는 분명히 이루어질 것이다.

차 례

part7

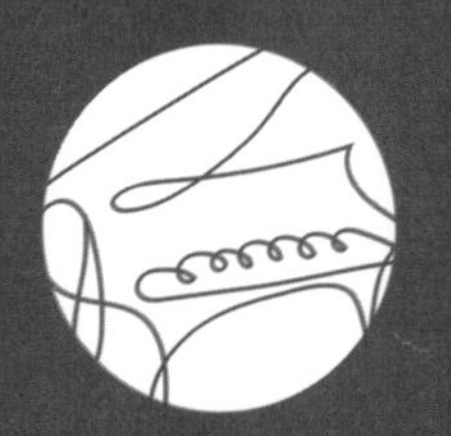

part1

죽을 고비를 넘기다

저걸 어째?
(두 번의 죽을 고비)

나는 경남 함양에서 태어났다. 내가 태어난 곳은 첩첩산중 산골이었다. 버스는 하루에 한 번 다녔고 길은 비포장이었다. 마을 입구에는 수확물을 저장하는 큰 창고가 있었고 정자나무 한 그루가 수호신처럼 서 있었다. 마을 뒷산 꼭대기에는 넓은 대나무밭이 군락을 이루고 있었다. 영화 '와호장룡'에서 주윤발과 장쯔이가 무협을 펼치는 곳과 비슷했다. 부모님은 꽤 많은 논과 밭을 소유하고 있었다. 고구마, 감자, 옥수수, 수수, 가지, 오이 등 다양한 밭작물과 벼농사도 함께 지었다. 저녁을 지을 때면 동네 곳곳에서 굴뚝 연기가 그림처럼 피어올랐다.

여름철이면 동네 앞 개울가에서 물고기도 잡고 수영도 했다. 겨울이 되면 뒷산에 올라가서 비료 포대를 깔고 눈 쌓인 언덕 아래로

눈썰매를 탔다. 동네 개울과 뒷동산은 나에게는 재미있는 놀이터였다. 어릴 적 추억이 생생하게 남아 지금도 시골과 자연을 좋아한다.

넓은 마당과 맞은편에 방이 있는 큰 집에 살았다. 마을회관에서 놀다가 컴컴해진 저녁에 집으로 돌아오곤 했다. 무서운 생각에 빨리 뛰기 시작하면 마을 앞, 큰 창고에 발자국 소리가 울려 텅텅거리곤 했다. 그 소리에 지레 겁을 먹고 '엄마야!' 하면서 집까지 뛰어왔던 기억이 난다. 70년대는 농사를 짓는 집이 대부분이었고 일손이 많이 필요했던 탓에 아이들도 많았다. 나는 1남 5녀 중 셋째로 태어났다.

1970년, 음력 10월 21일. 저녁 식사를 하고 설거지를 끝낸 어머니는 진통을 시작했다. 할머니가 출산의 모든 과정을 진두지휘했다. 산부인과나 병원이 없는 첩첩산중이었기 때문에 우리 여섯 남매는 모두 집에서 할머니의 도움으로 태어났다. 자연분만을 할 수밖에 없었던 시절이었다. 출산 중에 또는 출산 직후에 세상을 떠나는 아이들도 많았다. 내 위로도 형이 하나 있었는데 태어난 직후 손 한번 못 써보고 우리 곁을 떠났다고 어머니는 종종 한숨을 내쉬기도 했다. 이런 사정으로 나는 육 남매 중 유일한 아들이 되었다. 어머니를 비롯한 온 가족에게 나는 '귀한 아들'로 대접받으며 자랐다. 이모들은 서로 나를 업겠다며 나섰다. 나는 그렇게 귀여움을 독차지했다.

어느 날, 나는 '싸이나'라고 하는 하얀 가루약을 삼켰다. 그것은 입에 대기만 해도 죽을 수 있는 치명적인 독극물이다. 꿩을 잡기 위해 아버지가 사다 놓은 것인데, 아무것도 모르는 어린 내가 그만 입에다 넣고 만 것이다. 아버지는 동네 어르신에게 얻어온 '싸이나'를 작은방 재봉틀 밑에 잘 넣어 뒀다. 어린 자식들 손 타지 않을 만한 곳에 보관한 것이다. 호기심 많았던 어린 나는 아버지가 야무지게 숨겨놓은 '싸이나' 봉지를 집요하게 찾아내 봉지를 열고 주섬주섬 입에 갖다 댔다.

뭔가 이상하고 불안했겠지. 손으로 입을 쥐어뜯으면서 큰 소리로 울기 시작했다. 입 주위와 얼굴에 하얗게 묻어 있는 '싸이나'를 보고 엄마는 기겁을 했다. 파랗게 말라가는 입술과 혀를 손으로 훑으며 씻어냈다. 엄마는 필사적이었다. 병원도 없었다. 아들을 부둥켜 안고 울부짖었다.

"이게 우예된 일이고? 용이가 뭘 묵은 기고?"

"어무이, 용이가 싸이나를 묵은 거 같십니더. 우얍니꺼!"

"뭐라꼬? 싸이나? 이 일을 우짜노! 야야, 아 잡겠다! 안 되겠다!"

할머니는 마당에 나가 비눗물을 타가지고 와서는 내 입에다 쏟아부었다. 나는 '꽥'하는 소리와 함께 속에 있던 것들을 토해내기 시작했다. 황망함 속에서도 손주를 살리겠다는 할머니의 절실한 마음이 민간요법을 떠올리게 했고 한참을 토해낸 나는 다시 숨을 쉴 수 있게 됐다.

'싸이나' 사건이 끝이 아니었다. 마을잔치가 있던 어느 날. 온 동네 어르신들이 다 모여서 잔치 준비를 했다. 전도 굽고 돼지도 잡고 육개장도 끓였다. 전을 굽던 어머니는 불편했는지 업고 있던 나를 등 뒤에서 내려놓았다. 어린 나는 나무에 매어둔 소를 보고는 호기심이 발동했는지 발로 차고 때리며 소를 괴롭혔던 모양이다. 화가 난 소는 손쓸 새도 없이 나를 들이받았는데, 하필이면 내가 입고 있던 윗도리가 소뿔이 걸리면서 내 몸은 옆 도랑으로 순식간에 날아가고 말았다. 도랑 시멘트 바닥으로 추락하면서 이마가 깨졌고 나는 자지러지게 울었다. 동네 어른들이 달려왔다. 도랑에 핏물이 흘렀다. 어머니는 나를 업고 달렸다. 몇 개의 마을을 지나 겨우 의사를 만났다. 마취제가 없어 생으로 꿰매고 겨우 피를 멈추게 했다.

잠시도 눈을 돌릴 수 없는 천방지축 어린 아들. 어머니와 할머니가 밤잠을 설치며 나를 돌본 덕분에 다행히 살아남을 수 있었다. 변변한 약도, 병원도 없었던 그 시절. 오직 사랑과 정성으로 나를 키운 어머니와 할머니를 떠올려본다. 힘든 고비도 있었고 뜻하는 대로 일이 풀리지 않은 때도 많았다. 삶의 무게에 지쳐 저절로 고개가 떨어질 때면, 어린 손자와 아들을 살리겠다고 비눗물을 먹여 토해

내게 하고, 수십 리 길을 맨발로 뛰었던 엄마와 할머니의 사랑을 기억해 내어 위로를 얻곤 한다.

충격,
2대 독자 펄펄 끓는 가마솥에 빠지다

부모님은 밭농사, 논농사를 지으면서 여섯 명의 아들, 딸과 할머니를 부양했다. 그리고 부업으로 누에도 키웠다. 누에 꼬치가 되면 리어카에 싣고 이웃 마을 공판장에 수매를 해서 수입을 얻곤 했다. 돼지도 키웠다. 지금은 상상이 안 되겠지만, 화장실에서 볼일을 볼 때면, 내 발밑에 돼지가 돌아다니기도 했다. 그게 바로 지리산 '똥돼지(흑돼지)'였다.

새마을 운동으로 자가 수도가 들어오기 전까지, 70년대는 쇠로 된 물 펌프를 사용했다. 땅을 파고 수압을 끌어올리는 물 펌프다. 마중물을 몇 바가지 붓고 신나게 펌프질을 해서 물을 퍼 올리곤 했다. 새마을운동이 시작되고 나서야 집집마다 자가 수도가 생겼다. 아버지는 참나무에 구멍을 뚫어서 느타리버섯을 길렀고 며칠 지나면 자라서 따 먹을 수 있을 정도가 되었다. 소도 두 마리가 있었다. 어미 소와 작은 송아지였다. 할머니는 매번 소에게 먹일 죽을 끓였다. 깨진 이마가 겨우 아물고 나서 얼마 후에 또 다른 사고가 생겼다.

소죽을 끓이던 할머니가 잠깐 자리를 비운 사이, 겨우 2살이었던 나는 문턱을 넘다가 펄펄 끓는 가마솥에 빠지고 말았다. 뜨거움에 큰소리로 울음을 터트렸다. 울음소리를 듣고 뛰어온 어머니는 내가 입고 있던 옷을 벗겼다. 살갗이 다 벗겨졌다. 왼팔이 피부 손상으로 이어졌다. 그때의 화상 흉터는 아직까지 내 왼팔에 큰 흉터로 남아 있다. 어머니는 나를 황급하게 업고 또다시 산을 넘어서, 몇 개의 동네를 지나 의원에게 데리고 갔다.

화상을 입고 사경을 헤매는 나를 업고 작은 체구의 어머니는 죽을힘을 다해 뛰는 것 말고는 할 수 있는 것이 없었다. 변변한 의료 시설도 없던 때라서 간단하게 치료를 하고 붕대를 감는 것이 치료의 전부였다. 이마가 깨졌을 때도 치료했던 의사는 "아 땜에 얼메나 놀랬는교, 그래? 저번에는 이마를 깨고... 큰일 날 뻔했심더. 다른 데도 화상이 있긴 한데 고마, 이만하기 천만다행이라예."라며 어머니를 안심시켰다고 한다.

이마 위쪽에는 화상 흉터가 남아 있고 온몸에 조금씩 화상 흉터가 남아 있다. 가끔 어머니는 그때 얘기를 꺼낸다. 어머니를 안심시키려고 "그러게. 이 아들 완전 인물 버릴 뻔했네. 참 다행이야, 이만하기를." 하면서 너스레를 떨기도 한다. 어머니는 치료를 위해 나를 업고 몇 날 며칠, 먼 길을 오가면서 고생을 했다. 다른 일들을 다 제쳐놓고 아들 간호에만 온 힘을 쏟았다. 어머니의 정성이 있었기에 이만큼 회복됐다. 후유증으로 식은땀을 흘리고 사경을 헤매기도 했다. 어머니는 그렇게, 잠을 못 자는 아들을 업고, 어르고 달래고 재우기를 수개월을 했다.

어머니와 누나들은 청소년이 된 내가 혹시 흉터 때문에 방황할까 봐 "너 수술시켜줄까? 수술하면 싹 낫는다던데... 괜찮니?" 하며 수시로 동정을 살폈다. 그때마다 "응, 괜찮아. 얼굴에 안 그러기 천만다행이지, 뭐."라고 자주 얘기를 했다. 그러나 중학교 때 왼팔의 상처를 보고 친구들이 나를 '늙은이'라고 놀려 별명을 부른 친구들과 싸움도 많이 했다. 그 말을 들을 때마다 상처가 가슴속에 남았다. 그런 사실을 알았는지 누나들과 어머니는 나에게 계속 수술을 하자고 했다. 지나고 나서 생각해 보니 선생님께서 어머니께 알리지 않았나 하는 생각이 든다.

화상의 후유증으로 나는 겨울에도 찬물을 마신다. 국도 식혀서 먹고 뜨거운 밥도 싫어한다. 커피도 아이스커피를 마시고 물도 찬물만 계속 마신다. 어릴 때부터 기관지가 약해서 가을, 겨울이면 기침이 심해져서 요즘은 겨우 미지근한 물을 마시곤 한다. 트라우마와 후유증으로 사우나도 못 간다. 사우나에 들어가면 숨이 막히고 몸에 이상 반응이 온다.

어린 시절 세 번의 죽을 고비를 넘긴 나를 보고 부모님은 어떤 심정이셨을까? 하나뿐인 아들을 어떻게든 살려 보려고 수많은 날들을 고생했을 어머니. 앞으로 어머니의 삶이 행복하도록 최선을 다하는 삶을 살 것을 다짐해 본다.

그 밥 먹지 마라

1978년, 아버지, 어머니를 보기 위해 막내 고모가 우리 집에 왔다. 많은 자식들이 고모 눈에는 버거워 보였는지 아버지에게 "오빠, 아도 많은데 다 어떻게 키울라고 캅니꺼? 중학교 졸업하면 부산 신발공장으로 보내소, 고마." 고모의 말에 아버지는 화를 냈다. "이놈의 가시나, 그런 말 할 거면 우리 집에 오지 말그래이!" 능력 없다는 소리가 싫었는지, 자존심이 상한 건지... 얼마 후 아버지는 내가 7살 무렵, 성남 모란시장 근처로 무작정 이사를 했다.

아버지는 사서오경을 땔 정도로 한학 공부를 열심히 했던 분이다. 그러나 기술도 연고도 없던 아버지는 집 근처 벽돌 공장에서 노동일을 하셨다. 일이 끝나면 노동일의 고됨을 잊기 위해서인지 매일 술을 드셨다. 부부 싸움도 잦았다. 매일 술에 취해 잠자는 우리를 깨웠고 엄마와의 다툼과 폭력으로 마음 편할 날이 없었다. 아버지는 항상 술에 취해 있었고 길바닥에 쓰러지시는 일이 잦았고, 그 사실을 동네 어른들이 우리 집으로 와서 얘기해 주곤 했다.

엄마와 나는 집에 있던 리어카에 아버지를 싣고 오곤 했다. 비가 오는 날, 엄마와 함께 아버지를 싣고 올 때면 속상하다 못해 한스러운 울음과 눈물이 빗물만큼 쏟아져 내렸다. 9살 철모를 나이에 마음 편할 날이 없었다. 아버지의 술주정과 과격한 행동은 점점 더 강도가 세져만 갔다. 내 마음은 피멍이 들어가고 있었다. 원망도 쌓여갔다. 거의 매일 저녁, 술을 마시고 들어오는 아버지는 어머니가 차려놓은 밥상을 엎어 버리고 온 집안의 물건들을 던지고 부수기 일쑤였다.

폭력이 심해지면서 어머니의 목을 졸라 몇 번의 죽을 고비를 넘겼었다. 내가 어린 나이였지만, 어머니가 아들, 딸의 곁을 떠나려고 몇 번이나 가출을 결심했던 것도 알고 있었다. 어머니는 짐을 싸서 집을 나가다가도 우리들 생각에 다시 집으로 와서 한없이 울곤 했다. 그때의 일들은 40여 년이 지난 지금도 생생히 기억한다. 아버지가 너무도 밉고 온 가족이 불쌍하게만 느껴졌다.

마음속에 '아버지가 죽었으면 좋겠다.'고 생각했던 적도 있었다. 아버지의 난동을 피해 집 뒷밭으로 도망가던 작은누나는 철사로 된 철조망 가시에 허벅지 살이 찢기는 사고를 당해 한참을 고통스러워했고 그 상처는 지금도 남아있다. 작은누나는 여름에 짧은 치마나 반바지를 못 입는다.

아버지에 대한 미움이 커져만 갔다. 술을 마시고 난동을 부리는 아버지를 피해서 논두렁 뒤에 숨어있다, 온 가족이 쫓겨난 듯이, 방치된 동네 창고에 들어가 잠을 잔 적도 있었다. 어느 날 집에 혼자 있는데 아버지는 술을 마시고 들어와서 소리를 치고 집안의 물건들을 던지고 부수기 시작했다. "제발 좀 그만하세요. 미쳤어요?" 소리를 쳤다. 아버지는 흥분한 나머지 내 목을 졸랐고 내가 넘어지면서 목은 더 조여오고 있었다.

술을 마신 아버지의 힘은 어린 내가 감당하기에는 너무 강했다. '정말 이러다가는 죽겠다.'라는 생각이 들었다. LPG 가스통 옆에 있던 벽돌을 들어 아버지의 옆머리를 내려쳤다. 아버지는 그제야 내 목을 놓아줬고 아버지가 쓰러진 틈을 타서 밖으로 도망쳤다. 아버지가 따라올까 봐 뒤도 안 돌아보고 뛰어 동네 뒤에 논두렁에 숨었다. 한스럽기도 하고 무섭기도 해서 혼자서 한없이 눈물을 흘렸다. 나의 소년기는 어두워져만 갔다.

중학교 2학년 때 할머니가 돌아가셨다. 얼마 후 집에는 사건이 벌어졌다. 이 사건으로 나는 아버지를 40년 가까이 미워하고 원망하면서 마음속으로 받아들이지 않았다.

아침밥을 차려놓고 일을 나간 어머니가 갑자기 뛰어 들어오면서 "그 밥 먹지 마라. 안 된다!" 하면서 밥상을 엎어 버렸다. "엄마, 왜 그래?" 이유를 물었지만, 어머니는 아무 대답 없이 넋을 놓고 주저앉아 있었다. 잠시 후에 어머니는 울음을 터트렸고 그렇게 원망과 서러움으로 우는 어머니를 처음 봤다. 생활고와 노동일의 힘겨움으로 술에 빠져 있던 아버지가 쌀통에 쥐약을 넣은 것이다. 어머니가 밥을 풀 때 파란빛이 돌았다고 했다. 일을 나가던 어머니는 파랗던 밥 색깔이 떠올라 아차 싶어서 뛰어 들어오셨던 거였다.

어머니는 눈물을 그치지 못했고 엄마를 따라서 6명의 아들, 딸도 한참을 울었다. 사랑하는 아들, 딸에게 쥐약이 든 밥을 준 어머니의 심정이 어땠을까? 그때 울던 어머니의 모습을 생각하면 지금도 가슴이 아프다. 원수보다도 미워진 아버지와의 관계는 최악으로 치닫고 말았다. 중학생이 되고 몸집이 커지면서 동네 골목에서 아버지와 멱살을 잡고 싸우기도 여러 차례였다. 동네 어른들은 그 모습을 지켜보고만 있었다. 나는 뜻하지 않게 불효자가 되어 가고 있었다.

수면제 30알을 털어 넣고

1991년에서 밀레니엄이 오기 전 2000년까지 십 년 가까운 시간은 고삐 풀린 망아지처럼 하고 싶은 것을 다 해보는 시기였다. 학창시절부터 주체하지 못하는 내재된 끼를 발산하고 있었다. 피아노 조율사로 일하면서 많은 사람들과의 소통이 필요했고 사회를 볼 일도 많아졌다. 그래서 처음 도전한 자격증이 레크리에이션 자격증이었다. 노는 것도 좋아하고 사람들과의 소통도 좋아했던 성격에 딱 맞는 자격증이었다. 레크리에이션 협회에 접수를 했다. 5주의 과정 동안 많은 것을 배울 수 있었다. 그 과정에서 아버지의 잘 노는 끼를 물려받은 내가 드러나기 시작했다.

아버지는 시골에서 농악 상쇠를 했다. 여러 가지 악기도 다루고 시골 동네 일대에서는 꽤 유명인사였다. 아버지의 끼를 닮아 레크리에이션 자격증을 따는 내내 종횡무진 각종 게임과 팀 게임에서도 앞장서서 판을 휩쓸고 다녔다. 적은 인원이 모였을 때, 많은 인원이 모였을 때 할 수 있는 각종 게임과 멘트들을 배워 나가기 시작했다. 어떻게 즐거운 분위기를 유도하고, 서로 친해지게 만들어서 협동하고 친화력을 조성하는지를 배웠다. 마지막은 분위기를 잡고 모임에 대한 의미를 새겨주고 정리 작업으로 마무리를 했다. 레크리에이션 진행자로서의 테크닉을 배운 것이다.

이렇게 소중한 것을 배울 기회를 가진 건 행운이었다. 진행자로, 사회자로 설 일이 많았었기 때문이다. 실기 시험날 레크리에이션 진행도 해보고 함께 게임도 해보면서 최종적으로 합격했다. 시험이라기보다는 소풍 가서 즐거운 놀이를 한 기분이었다. 실기시험이 끝나고 맞은편에서 유심히 보던 한 분이 불렀다. 영문도 모른 채 다가가서 "저 부르셨어요?"라고 말했다. "오래전에 수료한 레크리에이션협회 선배인데 우리 회사에서 일해 볼 생각 없어요?"라고 했다. 5주 동안 잘 놀던 나를 지켜보셨나 보다. 피아노 조율에 입문해서 얼마 되지 않았을 때지만 순간 갈등이 되기도 했다. "제가 1주일만 생각해 보고 연락드리겠습니다."라고 말하고 연락처를 받았다. 고민이 됐다.

막내이다 보니 피아노, 악기 매장에서 힘들게 일하고 있을 때여서 선배님의 제의가 계속 머릿속에서 맴돌았다. 레크리에이션 자격증 시험 전에 '88올림픽 이벤트 기획서'라는 두꺼운 책을 사서 보게 됐다. 국제적인 스포츠 행사였던 만큼 방대하고 자세한 이벤트 기획서였다. 큰 행사 진행을 들여다볼 수 있었다. 이벤트와 레크리에이션의 매력을 느끼게 됐다. 활동적인 나의 성격과 잘 맞았기에 '피아노 조율을 그만두고 이벤트 회사로 취직을 해?'라는 생각을 했다. 레크리에이션은 딱 맞는 옷을 입은 느낌이었다. 일주일 즘 지나 연락을 했다. "제의해 주신 건 감사합니다만 지금 하고 있는 피아노 조율 일을 계속하기로 했습니다. 죄송합니다."라고 말씀드리고 제의를 정중히 거절했다.

레크리에이션 협회를 통해 알아보니, 나에게 입사 제안을 했던 그 선배님은 큰 이벤트 회사를 운영하고 있는 이벤트 회사의 대표였다. 우리 기수에서 직원을 한 명 채용하려고 교육 시작부터 지켜보고 있었다고 한다. 열정적이고 적극적인 모습이 교육 기간 내내 눈에 들어왔다고 했다. 그때 직업을 바꿨으면 뭐가 됐을까? 엔터테인먼트 대표, 사회자, 진행자 등 지금과는 또 다른 삶을 살고 있었을 거다. 그때 취득한 레크리에이션 자격증은 어디를 가도 빛을 발하고 있다. 내가 가진 큰 장점인 강력한 친화력의 주 무기가 됐다.

그 뒤로도 피아노 조율사로서의 나의 열정적인 삶은 계속됐다. 피아노 조율사로서 열심히 생활하면서 국가공인 피아노조율기능사 자격증을 취득하고 성남시의 많은 피아노 교습소와 음악학원을 위풍당당하게 휩쓸고 다녔다. 그러나 자격증을 취득해도 크게 달라지는 건 없었다. 성남은 서울 청계천을 복개하면서 밀려 나온 이주민들이 산을 깎고 줄을 쳐서 1필지씩 경계선을 치고 가건물을 짓고 살았던 곳이다. 몇 동네를 제외하고는 동네마다 경사가 가파르고 집과 집의 경계선이 거의 없을 정도로 붙어 있고 계단도 많이 좁았다.

피아노 조율사로 일하기 시작한 1990년에서 1998년도 IMF가 오기 전까지 매장마다 한 달에 100대~200대 정도의 피아노가 판매됐다. 피아노가 없는 집이 없을 정도로 피아노의 중흥기였다. 빌라 3층 이상 되는 층에 피아노가 많이 판매되었다. 계단이 좁으면 피아노 뒤, 지주목에 밧줄을 묶어서 작업을 했다. 옥상으로 양쪽에서 두 명씩 힘으로 끌어올리고 한 명은 밑에서 유리창이나 벽에 피아노가 부딪히지 않게 했다. 피아노 아래쪽에 밧줄을 묶고 당겨줘야 했다. 줄을 놓치면 큰 사고로 이어지는 아주 위험한 일이었다. 운반팀은 피아노를 배송할 집의 계단이 좁으면 옆집으로 들고 올라갔다.

배달을 원하는 집 쪽으로 피아노를 세워서 던지듯이 받아 배달하는 경우도 많았다. 국가공인 자격증을 취득한 전문가인데 이건 피아노 조율기능사인지, 운반사인지 알 수가 없을 때가 많았다.

매년 연말이 다가오면 피아노 학원에 피아노 매장의 상호가 찍힌 달력을 가져가서 잘 보이는 위치를 잡고 못을 박아 걸어주었다. 업체 간에 경쟁이 치열했다. 먼저 간 매장에서 달력을 주고 오면 그 다음에 온 매장에서 그 달력을 떼어내고 다시 박았다. 다음 매장이 또다시 달력을 떼고 자기네 달력을 걸었다. 정말 치열한 생존경쟁이었다. 얼마나 많은 피아노 학원 원장님들과 친분을 쌓느냐가 영업의 관건이었다. 한 달에 몇 대씩 판매를 해야만 했다. 피아노 본사 영업부 출신이었던 사장님은 영업의 달인이었다. 직원들은 그만큼 피아노 판매에 신경을 쓸 수밖에 없었다. 피아노 조율사였지만 영업을 겸해야 했다. 선배들이 어떻게 영업하는지 유심히 살펴보며 장점인 친화력을 살려서 점점 판매를 늘려갔다. 1년쯤 지났을 때, 내 손에는 원장님들이 나를 믿고 맡긴 피아노 학원 열쇠가 10개 정도 들어와 있었다.

피아노 레슨을 안 하는 토요일이나 평일 오전에 학원 피아노를 조율하기 위해서 원장님들에게 보조키를 하나씩 달라고 했다. 선배들은 선생님들 출근 시간인 12시~1시 정도에 찾아가 학원 피아노 조율을 했다. 나는 틈새를 노렸다. 어머니의 성실함의 유전자가 뿜어져 나왔다. 나는 조금 더 일찍 찾아가서 피아노 조율을 끝내고 원장님께 "원장님, 피아노 조율 끝났어요. 맛있는 점심 좀 사주세요." 하면서 너스레를 떨기도 했다. 이렇게 말씀드리면 점심 사주시는 걸 거부하는 원장님은 한 분도 없었다. 모두들 고마워하시면서 흔쾌히 점심식사를 사 주었다. 원장님들과 친분이 쌓여가면서 다른 원장님들을 소개해 주셨다. 고객들이 늘기 시작했다. 즐거웠다. 피아노 조율사로서 하루하루가 성장의 연속이었다.

매주 하루는 매장 선배들이 남한산성 닭죽 집 동문 집과 분당 율동에 초가집으로 된 닭볶음탕 집으로 데리고 갔다. 선배들은 모여서 맛있는 것도 먹고 얘기도 하면서 영업에 지친 회포를 풀었다. 평소에 피아노 조율 A/S며 직원들 피아노 조율 개수를 적은 오더 장을 윤 과장님이 스케줄을 짜서 주곤 했다. 막내라고 먼 거리 A/S만 많이 줬다. 선배면 본인이 A/S를 많이 가고 막내를 적게 줘야 되는데 말이다. 성남에서 안양, 수원, 의왕, 과천 이렇게 출장을 다녔다. 막내 조율사 시절에는 차가 없었다. 버스를 타고 A/S 조율을 돌다 보면 늦은 저녁이 돼서야 끝이 났다. 나눠준 피아노 조율 일정을 끝내고 퇴근 시간 전에 택시를 타고서라도 매장에 도착했다. 선배들에게 퇴근 인사를 하고 얼굴을 비추고 퇴근을 했다. 막내 피아노 조율사로서 출퇴근을 철저하게 하려고 노력했다.

경력은 쌓여 갔고, 한 달에 피아노를 개인적으로 3대, 5대, 8대까지 판매하기 시작했다. 가만히 보니까 선배들이 6개월에 한 명꼴로 매장을 그만두었다. 총 5명의 피아노 조율사들이 근무하고 있을 때여서 '적어도 3년이면 내가 최고참이 되겠네.'라는 생각이 들었다. 국가공인 자격증이 소용이 없었다. 피아노조율사로서 자괴감도 들었지만, 피아노 영업과 피아노 운반 도우미로 시키는 일을 하면서 끈질기게 버텼다.

시간이 한참 지나 드디어 예상했던 대로 선배들이 모두 그만두고 내가 최고참이 됐다. 윤 과장님이 했던 일을 내가 하게 됐다. 피아노 A/S 조율, 유료 조율 오더 장을 직원들에게 나눠 주는 위치가 된 것이다. 사실 입사하고 6개월 이상을 유료 조율 하나를 못 받아 봤다. 내가 조율 오더를 나눠주니까 다 내 맘대로 할 수 있었다. 사람은 참 어쩔 수 없나 보다. '막내가 들어오면 잘해줘야지.' 했건만 나보다 나이도 많은 막내 조율사에게 A/S와 먼 거리 조율을 다 주었다. 나는 그러지 말아야지 했는데 나도 그렇게 되었다.

피아노 조율비는 현금으로 받았다. 갈수록 양복 양쪽 주머니에 현금이 두둑해져서 주체를 못 할 정도였다. 그야말로 대박이 난 거다. 매장에서 들어오는 피아노 조율 외에 개인 조율이 늘어갔다. 월급의 2배는 벌 수 있었다. 그때 번 돈으로 재테크를 잘 했다면 집이 몇 채는 됐을 텐데 그 집은 다 어디에 간 건지...... 돈을 많이 버는 게 화근이었던 걸까? 오전 9시에 출근하면 성실하게 열심히 일했고 저녁 9시 30분 퇴근 후에는 술에 빠져 살게 됐다. 새벽 3시까지 번화가를 휩쓸고 다니며 몇 차를 반복했다. 그 술 다 마셨으면 지금쯤 관을 짜고도 남았겠지만, 아버지를 닮아 희한하게도 간 해독 능력은 탁월했다. 선후배들과 매일 퇴근 후 술자리를 리드해서 새로운 곳으로 데려가곤 했다. 마지막에 포장마차에서 잔치국수를 먹고 헤어지는 게 하나의 패턴이 되어버렸다.

새벽에 들어가고 9시 출근한 어느 날, 매장 사장님께서 긴급회의를 소집하셨다. 사장님의 영업에 대한 이이기는 길어져만 갔다. 전날 너무 열심히 노느라고 피곤했는지 몸이 견디지 못하고 양쪽 코에서 쌍코피가 터져버렸다. 오른쪽 손등으로 코피를 '쓱' 닦자 맞은편에 앉아있던 사장님은 눈을 동그랗게 뜨면서 눈짓으로 밖으로 나가라는 신호를 보냈다. 슬그머니 일어나서 살짝 목례를 하고 밖으로 나왔다. 화장실로 가서 코를 휴지로 막고 세수를 하고 흐르는 코피를 씻어냈다. 전날 놀았던 것만큼만 공부를 했더라면 서울대도 갔을 것이다. 놀다가 몸이 못 견뎌서 쌍코피라니, 피식 웃음이 났다. 겨우 코피를 진정시키고 다시 회의에 참석했다. 이렇게 반복되는 일상과 술을 마시던 시간들이 어느 순간, 무의미하게 느껴지고 있었다. 이런 가운데 사장님은 매번 회의를 소집했고 피아노 판매에 대한 압박의 강도는 더 세져만 갔다.

사장님은 어느 날 하루는 감당하기 힘들 정도의 말들을 쏟아냈다. 그날 직원들은 회의가 끝나고 커피숍으로 자리를 이동했다. 분위기는 심각했다. 이번 기회에 사장님께 우리가 얼마나 힘든지 말씀드리자는 의견을 내기 시작했다. 이렇게 의견을 정리했다. 1995

년 4월 19일 그날은 4.19 의거일로 디데이를 잡고 그날 출근하자마자 매장 청소 후에 다 밖으로 나가기로 약속을 하고 출근을 했다. 직원들은 약속한 대로 커피숍으로 향했다.

그런데 이게 웬일인가? 주 부장님과 이 상무님은 따라 나오지를 않은 것이다. 원래의 계획은 이게 아니었다. 단체행동을 통해 사장님이 우리를 부르면 영업 강요와 근무에 대한 우리의 의견을 관철시키기로 했던 것인데 저녁이 다 되도록 사장님은 아무 연락이 없었다. 역시 적은 내부에 있었다. 배신감을 느꼈다. 참담했다. 그날 이후 자동으로 퇴사가 돼 버렸다.

그렇게 자동 퇴사가 되고 얼마 동안은 자유를 만끽하고 있었다. 여유를 즐기는 것도 잠시, 나는 다시 일자리를 찾았다. 지금까지 머리 아픈 일이 많았으니까 머리를 안 쓰고 몸으로만 하는 일을 찾고 싶었다. 어느 날, 길을 걷고 있다가 '벼룩시장'이 눈에 띄었다. 한 장을 뽑아 들고 조용히 앉아 구직난을 뚫어져라 쳐다보았다. 한참을 보다가 눈을 번쩍 뜨게 하는 세 글자를 보았다. '파랑새' 생활정보지를 배포하는 일이었다.

당장 사무실로 전화를 걸었다. 한 달에 150만 원을 주고 새벽 4시~12시까지만 일하면 된다고 했다. 오후 시간을 쓸 수 있어 딱 좋은 일이었다. 면접 약속을 잡고 가락동 사무실을 찾아가 면접을 보았다. 밝고 당당한 성격과 강력한 친화력이 여기서도 진가를 발휘했다. 면접을 본 과장님은 "이번 주부터 일하세요."라고 했다. 과장님이 "전에는 무슨 일을 했어요?"라고 물으셨다. "네. 피아노 조율사로 5년 정도 일했습니다."라고 하자 "그래요? 그러면 배포보다는 영업부에서 일해 보는 게 어때요?"라며 설득했다. 그렇다. 어디를 가나 티가 나는 친화력은 영업에 딱 맞긴 했다. 손사래를 치며 "아, 저는 머리를 좀 식혀야 해서 배포하는 일을 하겠습니다. 그 일이 좋습니다."라고 했더니 과장님은 너무도 당당한 내 모습에 빙그레 웃으셨다.

그때를 놓치지 않고 과장님께 "그런데 보통 생활정보지 전면에 내는 작은 박스 광고는 얼마나 되나요?"라고 질문을 했다. "왜요? 광고 내게요?" 하셨다. "피아노 조율 광고를 내면 얼마나 나오나요? 직원가는 없나요? 며칠에 한 번씩 나오나요?" 물 흐르듯이 번개가 치듯이 쏟아지는 질문에 과장님은 "일하는 동안은 그냥 내줄게요." 하셨다. 이게 웬일인가? 궁금하면 못 참고, 생각하면 하고야 마는 강한 도전정신이 또 한 번 빛을 발한 거다. 무료 광고 말씀을 던지자마자 "감사합니다!" 하고 넙죽 무료 광고를 받아냈다.

그렇게 새벽 출근과 일이 끝나면 점심 식사 후에 기타 개인 레슨과 피아노 조율, 레크리에이션 사회 보는 일과 학교 방과 후 수업을 진행했다. 하루를 여러 시간대로 쪼개서 일하며 퍼즐을 맞추는 듯 사는 삶이 계속됐다. 그때의 직업이 6개쯤 됐던 것 같다. 새벽부터 점심때까지 운전석 옆자리에 태운 신문들을 열심히 배포대에 꽂았다. 송파로, 성남으로, 쏜살같이 운전하며 하루를 바쁘게 살았다.

성남에서 부모님이 사시던 곳과 가장 먼 곳으로 방을 얻었다. 아버지와의 골은 점점 깊어만 갔다. 술을 마시고 집안을 난장판으로 만드는 행동은 끝날 줄을 몰랐다. 새로운 삶에 적응하느라 가족들과도 점점 멀어져 갔다. 새벽 생활정보지 배포, 기타 레슨, 레크리에이션 행사 진행 등 여러 직업 속에서 사는 삶은 머리를 식혀주긴 했지만, 몸은 점점 힘들어져만 갔다.

혼자만의 외로움과 힘든 몸으로 하루하루 살던 어느 날, 삶의 보람을 못 느끼고 나도 모르는 사이에 우울증이 찾아왔다. 몇 가지 일로 돈을 벌 수 있었고 자유롭게 생활했지만, 혼자만의 삶이 되어버린 거였다. 친구들이 많기로 유명했던 내가 사람들을 만나는 시간은 점점 줄어들었고 우울한 기분에 사로잡혀 보내는 시간이 많아졌다. 어느 날부터인가 신문 배포 시간이 끝나면 송파 일대의 약국을 돌면서 수면제를 사서 모으기 시작했다. '사는 게 무의미하다. 죽고 싶다.'는 생각 속에 머물러 있었다.

우울증은 중증이 되어갔다. 하지 말아야 하는 행동을 하고 말았다. 30알의 수면제를 입속에 털어 넣었다. 잠이 쏟아졌고 고통 없이 필름이 끊기듯이 의식을 잃었다. 다행히도 같이 일하던 직원이 나를 발견해 병원 신세를 지고 말았다. 이틀 만에 깨어났고 그 후로 일주일간 꼼짝할 수가 없었다. 그 사건 후로 몸이 회복됐고 회사를 그만두었다.

삶에 대해서 다시 생각했다. '죽는 것도 마음대로 할 수가 없구나.', '죽을힘으로 다시 열심히 일하고, 하고 싶은 거 하면서 살아보자.' 다시 마음을 다잡았다. 이제는 혼자 있으면 안 되겠다는 생각이 들었다. 사람들을 만나기 시작했다. 그때 찾아간 곳이 YMCA다. 청년들이 모여서 여러 가지 활동을 하면서 친목을 다졌다. 풍물반을 만들어서 상쇠로 팀을 이끌면서 지역 내 문화 활동에도 참여하고 결속을 다져갔다. 그런 순간에도 피아노 조율 일은 계속하고 있었다. 스스로 선택했던 죽음의 순간이었지만 나는 다시 깨어났고 다시 삶을 살아나가기 시작했다.

지금 생각해 보면 그 끝이 어떻게 될지 모르고 목숨을 잃었다면 지금의 여러 가지 의미 있는 일들은 못했을 것이다. 다시 살게 된 것이 참 다행이라는 생각이 든다. 그 자체를 포기할 만큼 삶이 무의미하지 않다는 것을 이제는 확실히 안다. '죽을힘이 있으면 살아라.'라는 상투적인 말보다는, 적어도 의미 있는 무언가를 위해서 자신의 삶을 살아낼 필요가 있다고 말하고 싶다. 누구든지 삶의 끝에는 죽음이 있다. 하지만 스스로 선택한 죽음은 주변 사람들을 많은 고통 속에 살게 한다. 극단적인 선택으로 삶을 마감했다면 나의 어머니와 가족들은 아마도 큰 슬픔 속에서 오랜 세월을 살아갔을 것이다.

우리가 존재하는 이유는 죽기 위해서가 아니라 살기 위해서다. 의미 있는 일에 집중하고, 나 자신에게뿐만 아니라 다른 사람들에게 희망과 위로의 말을 건넬 줄 아는 사람으로 살아야 한다. 그것이 삶의 참된 의미가 아닐까 생각해 본다.

누가 더 죽어야 이 짓을 그만두실 겁니까?

10년 가까이 피아노, 악기 매장 생활을 뒤로하고 2002년 월드컵의 열기가 뜨겁기 몇 달 전 피아노, 악기 매장을 창업했다. 마케팅과 영업에 관심이 많아져 자기 계발서, 마케팅 관련 책들과 영업, 경영 책들을 쓸어 모아 읽었다. 참신한 아이디어들을 만들고 매장 영업에 적용했다. 그 결과 매장의 매출은 상승했고 피아노 조율로만 1200만 원, 직원이 1000만 원의 매출을 올렸다. 악기와 피아노 판매한 매출을 합쳐 억대 연봉을 훌쩍 넘어섰다. 어느 날 친구가 찾아와서 저녁식사 중에 나에게 "너는 꿈을 이뤘다."라고 말했다. 학창 시절 밴드를 하면서 내 꿈은 악기점을 운영하는 것이라고 말한 것을 기억한 것이었다.

가만히 생각해 보니 무심코 내뱉은 말대로 꿈을 이룬 거다. 그다음 꿈은 무엇이 좋을까를 생각하다가 결단을 내렸다. 피아노 조율 기술을 더 탄탄하게 해야 되겠다는 생각을 하게 되었다. 국가공인 피아노조율기능사 자격증을 취득하고는 현실에 머물러 있었던 나는, 10년이 지난 후에야 피아노조율산업기사 자격증에 도전을 하게 되었고, 더 발전하고 싶은 욕구가 생겼다.

그랜드피아노로 조율과 조정을 열심히 연습해서 도전한 피아노 조율산업기사에 합격했다. 매장 운영과 피아노 조율 기술을 배우는 일은 병행했다. 피아노 조율사로서 전문적인 기술이 하나씩 늘어갔다. 매장이 있던 용인 수지의 풍덕천 사거리는 그 당시만 해도 도시가 형성되고 있는 구도심과 신도시의 경계선에 위치해 있었고, 그곳에 매장을 열었다. 매장을 오픈할 때 기존에 있던 매장을 인수했다.

평소 친분이 있던 후배를 만나러 용인 수지 매장을 방문했었다. "사장님은 어디 가셨나 보네?" 하고 물었더니 후배는 "아까 사장님 매장 이전하려고 알아보시러 가신 거 같은데..."라고 했다. "이렇게 좋은 매장을 왜 그만둔다고?"라고 했더니 "차 막히고 주차장이 없어서 여기서 못 하겠다고 나가신다는데 형이 인수해서 해봐요."라고 한다. "그래. 사장님한테 연락해 봐. 언제 오신대?"라고 했더니 점심 이후에 들어오신다고 해서 몇 시간을 기다렸다가 사장님을 만났다.

그동안 길 맞은편을 건너가서 매장 전체를 봤다. 가로로 긴 매장이어서 굉장히 커 보였다. 칸칸이 나눠져 있는 새시 유리창을 통유리로 바꾸면 '안이 훤히 보이고 안쪽으로 현수막을 걸면 간판으로 쓸 수 있겠다'라고 생각했다. 위로 아래로 매장 전반을 다 훑어본 뒤에 앞으로 어떻게 매장을 운영할지 구상을 하기 시작했다. 짧은 시간에 이미 매장 운영의 웬만한 세팅이 끝났다. 사장님을 만나고 인수 날짜를 정하고 매장에 가져다 놓을 피아노, 악기 그리고 수리 공구들을 미리 챙기기 시작했다.

그렇게 시작된 매장 생활은 3개월간 많은 매출을 올리면서 혼자 감당하기 어려울 정도로 성장해 갔다. 백화점 매장에서 같이 일했던 후배에게 "친구 중에 일할 사람 없냐?" 하고 물었더니 후배는 "군악대 나온 친구가 있는데 소개해 드릴까요?"라고 한다. 당장 면접을 보러 오라고 했다. 처음에는 시간제 아르바이트로 시작을 해서 나중에 정직원으로 함께 일하게 됐다.

그 당시 용인 수지는 도시로 발전하는 과정이라서 현수막을 붙여도 회수해 가지 않는 상황이었다. 용인 수지가 도시로 형성이 되기 시작하면서 길고 튼튼한 가로등이 많이 생기는 것을 봤다. 사거리 코너에는 여지없이 튼튼한 가로등이 세워져 있었다. 저기에다가 세로로 현수막을 걸면 어떨까라는 생각을 하고 실행해 옮겼다.

긴 사다리로 미리 전봇대나 가로등 5m쯤에 옷 가게에서 쓰는 S자용 철사를 끈으로 동여매 놓고 현수막을 새로 제작해서 상단에 끈 고리를 만들었다. S자 철사 고리에 긴 낚싯대에 Y자 철사를 만들어서 현수막 상단에 고리에 걸었다. 전봇대나 가로등 하단에 끈을 당겨서 묶어주면 그야말로 기가 막힌 세로형 간판이 됐다. 사거리마다 눈에 잘 띄는 곳, 50 포인트 정도를 설정했다. 매주 토요일 오후가 되면 공무원들이 퇴근했기 때문에 그때 직원과 현수막을 걸기 시작해서 월요일 출근시간 전에 거의 다 회수했다. 제작한 현수막은 회수율이 95%가 넘었다. 현수막 회사 사장님은 "이렇게 하면 우리 현수막은 뭐 먹고살아요? 현수막이 좀 없어져야지 다시 만들 텐데요." 하며 웃곤 했다.

매장 위에 하이마트가 오픈했다. 눈에 잘 띄는 디자인과 포인트 문구들을 넣어서 갖가지 행사를 광고하는 것을 보고, 현수막 사장님을 불러 하이마트에 있는 것처럼 비슷하게 디자인을 해 달라고 부탁을 하고 내가 원하는 문구를 넣어 제작을 했다.

여기가 하이마트인지 피아노, 악기 매장인지 모를 정도로 하이마트 광고 문구와 비슷하게 세팅을 했다. 매장 통 유리창에 롤 블라인드를 볼 수 있게 사이즈를 맞춰서 현수막을 제작했다. 현수막으로 만든 롤 블라인드는 퇴근할 때는 올려놓고 출근해서는 내려놓고 이렇게 해서 특급 간판으로 사용했다. 그 효과는 아주 좋았다. 매출이 점점 늘어나고 직원도 한두 명씩 늘기 시작했다. 매출이 많은 날은 직원과 함께 회식을 하곤 했다. 그런 날들이 점점 많아지고 있었다.

그러나 2007년 여름에 어느 날 우리가족에게는 감당하기 힘든 엄청난 사건이 벌어졌다. 그날도 퇴근해서 저녁을 먹고 나와 커피 한잔을 마시고 있는데 전화가 왔다.

"안녕하세요. 여기 경찰서입니다. 혹시 동생분이 이분 맞으시죠?" 동생 이름을 경찰이 얘기하고 있었다. "네. 맞는데요. 무슨 일이시죠?" 순간 뭔가 모를 불길한 느낌이 들었다. 나는 다시 되물었다. "무슨 일이세요?" 그 경찰은 나를 진정시키려는 듯 이렇게 얘기를 했다. "너무 놀라지 마시고요. 지금 분당 장례식장에 가시면 동생분이 영안실에 안치돼 있을 겁니다. 확인을 부탁드립니다."라고 했다. 이게 무슨 말인가? 나는 깜짝 놀라서 주저앉고 말았다. "그게 무슨 말씀이시죠? 제 동생이 왜요?" "어제 집에서 남편분의 가정폭력으로 사망하셨습니다." 이게 무슨 청천벽력 같은 소리인가? 순간 지난날 아버지로 인해 우리가 겪었던 그 많은 고통의 순간들이 지나가면서 눈물이 쏟아지기 시작했다. 직원이 있는 것도 잊고 한참을 주저앉아 펑펑 울었다.

동생이 맞는지 확인을 해야 되겠다는 생각에 분당에 있는 장례식장으로 향했다. 직원의 안내를 받고 가족에게 일단 알리지 않고 먼저 가서 동생인지를 확인했다. 아니기를 바랐지만 동생이 맞았다. 너무나도 편안히 누워 있는 동생의 모습은 그렇게 큰 외상은 보이지 않았다. 지금까지 어린 시절에는 아버지의 술 때문에 많은 고통을 받았다. 편하지 못한 가정에서 어린 시절을 보냈다. 그런 동생이 가정폭력으로 이렇게 나보다 먼저 세상을 떠나다니 믿을 수가 없었다. 오빠로서의 미안함과 죄책감, 한스러움이 밀려오면서 설움과 눈물이 폭발했다. 눈물은 멈출 줄을 몰랐다. 동생을 확인하고 한참을 그렇게 울고 나서 장례식장을 나왔다.

연락이 왔던 경찰에게 전화를 했다. "동생이 맞는지 확인하셨으면 가해자인 남편을 만나러 오세요."라고 했다. 경찰서로 향했다. 경찰서 유치장에 있던 동생의 남편을 나에게로 데리고 왔다. 보는 순간 나는 주변에 있던 집기들을 집어던지기 시작했다. "네가 그러고도 사람이야? 네가 그러고도 사람 새끼냐고? 착한 내 동생을 잘해 주지는 못 할망정 죽여? 너는 내가 지구 끝까지라도 쫓아가서 죽일 거다." 적개심과 복수심에 내 입에서는 평생 내 뱉어 보지 못한 험한 말들이 쏟아졌다.

경찰들은 나의 양쪽 팔을 잡고 말리기 시작했다. 미친 듯이 흥분한 나를 강제로 밖으로 끌고 나갔다. 몸을 부들부들 떨고 있었다. "물 한잔 드시죠." 경찰이 물 한 컵을 건넨다. 물을 마시고 그제야 떨리던 몸이 진정되어 가족들에게 한 명씩 전화를 걸어서 동생의 사망 소식을 알렸다. 부모님에게는 맨 마지막에 전화를 했다.

장례식 절차를 준비하기 위해서 장례식장으로 다시 갔다. 동생의 장례식은 가족의 고통 속에 진행돼 갔다. 많은 조문객들이 동생의 억울한 죽음을 애도하며 나와 가족들을 위로해 주었다. 작은누나와 동생들은 오열하면서 슬픔을 참지 못하고 기절해서 응급실을 오가는 상황이 반복됐다. 더 이상 이대로 있을 수는 없었다. 나는 집안에서 장남이나 마찬가지였다. 조문객이 없었던 새벽녘에 가족들을 다 불러 모았다. 부모님은 집에 가 계시라고 모셔다드리고 형제들을 불러 모아 놓고 당부했다.

"지금 이 시간 이후로 슬프더라도 슬퍼하거나 쓰러지지 맙시다. 먼저 간 동생이 절대로 그것을 원치 않을 거예요. 우리가 동생이 다 살지 못하고 간 나머지 삶을 잘 살아내는 것, 그것만이 동생의 억울

한 죽음을 보상해 줄 수 있는 유일한 방법이라 생각해요. 우리에게 말도 못 하고 계속 그런 가정폭력을 당했을 동생을 생각하면, 어차피 한 번은 죽을 목숨, 어쩌면 차라리 고통받지 않는 하늘나라에서 편안하게 쉬는 것도 나쁘지 않을 겁니다."

가족들 마음을 다스리기 위해 강한 말들을 내뱉었다. 누나와 동생들은 또 오열하기 시작했다. 마지막으로 동생을 보내는 슬픔만큼은 말릴 수가 없었다. 나도 서러운 울음이 터졌다. 그렇게 우리 5남매는 한참 동안 울음으로 동생의 죽음을 안타까워했다. 미안하고 한스러운 마음을 눈물로 씻어내고 있었다. 조문객 없는 장례식장에 우리 5남매의 울음소리가 메아리처럼 가득 찼다.

그렇게 바로 밑의 여동생은 화장을 해서 어릴 때부터 살던 성남의 납골당에 안치됐다. 가족들은 장례식을 끝내고 부모님 집으로 다 모였다. 가족들을 챙기기 위해서 말을 꺼냈다. "내가 장례식장에서도 얘기했지만 동생은, 우리가 서로 바쁘게 사느라고 각자 흩어져서 연락도 잘 못하고 살았는데 앞으로는 연락도 자주 하고 가족끼리 뭉쳐서 잘 살기를 바랄 거예요. 앞으로 가족여행도 가고, 부모님도 챙겨드리고 이렇게 서로 똘똘 뭉쳐 삽시다."라고 말하며 다시 한번 가족들을 설득하고 안정시켰다.

장례식 후에 동생의 재판은 약 6개월 동안 지속됐다. 그동안 잘 운영하던 매장도 접을까? 몇 번을 생각했다. 마음을 단단히 먹었음에도 불구하고 나는 동생의 죽음을 받아들이기 어려웠다. '내가 일해서 돈을 벌면 뭐 하나? 동생 하나 지켜주지 못했는데...' 하는 죄책감에 자포자기했다. 동생의 재판이 진행되는 6개월 동안, 재판장에는 매형과 함께 참석했다. 그날에 있었던 사고를 재현하듯이 뻔뻔하게 얘기하는 가해자를 마음속으로 증오했다. 재판 결과, 3년 6개월 형이 집행된다고 판결이 났다. 착하고 예쁘던 동생이 우리 곁을 떠났는데 겨우 3년 6개월 형이라니 마음이 너무 아팠다. 동생의 죽음을 아파하던 나는 일상을 회복하려고 노력하고 있었다.

어느 날, 어머니에게 연락이 왔다. 아버지가 또 술을 마시고 와서 온 집안에 난리가 났다고 하셨다. "네가 얼른 와 주면 안 되겠나?"라고 하셨다. 차를 타고 바로 부모님 집으로 갔다. 아버지는 술에 취해 나를 보고 횡설수설했다. 나는 거실로 나가서, 동생이 사망하기 한 달 전에 찍었던 가족사진을 들고 아버지 방으로 갔다. 한쪽 벽에 액자를 놓고 소리쳤다. 손가락으로 한 명 한 명을 가리키면서 "여기서 누가 죽어야, 어느 누가 더 죽어야 이 미친 짓을 그만 두실 건데요?" 나는 피를 토하듯이 소리쳤다. 아버지는 아무 대답이 없었다. 그렇게 술에 취해 쓰러진 아버지를 뒤로하고 어머니를 안심시킨 뒤, 집으로 돌아왔다.

집으로 오는 내내 마음이 편치가 않았다. 아버지의 술과 가정폭력 등, 이런저런 아픔으로 지냈던 어린 시절과, 남편의 폭력으로 세상을 먼저 떠난 동생이 다시 떠올랐다. 눈물이 다시 앞을 가렸다. 지나는 휴게소에 차를 멈추고 한참을 울고 또 울었다. 그런 일이 있은 후 아버지는 많이 달라지셨다. 술에 취해 있어도 소리치는 내 목소리를 듣고 있었나 보다. 그날 이후 술도 많이 줄이고 어머니한테 했던 행동들도 점점 강도가 약해져 갔다. 납골당에 있는 사진 속 동생의 얼굴은 그때 그대로다. 그렇다. 나만 나이를 먹는다. 동생은 몸은 비록 곁에 없지만 나의 마음속에 지금도 항상 그대로 자리 잡고 있다.

갑자기 가족을 잃으니 항상 곁에 있는 가족의 소중함을 자주 생각하게 된다. 서로의 삶을 사느라 잘 챙기지 못하고 자주 만나지 못한 가족들이 있다면 지금 바로 연락하고, 만나고, 챙기기를 바란다. 어느 때 서로가 헤어질지는 알 수 없는 일이다. 지금이라도 행복한 가족의 울타리를 만들며 살기를 권해본다.

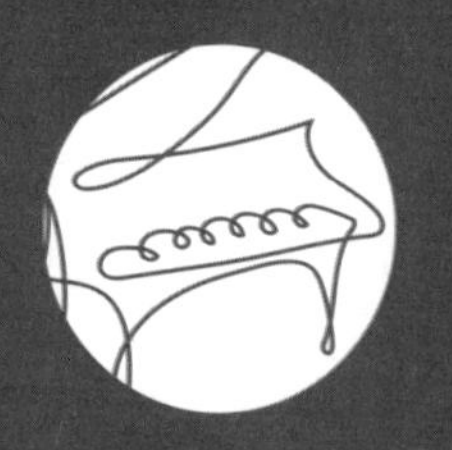

part2
인생은 도전이다

내 인생을 바꾼 1분
(피아노 조율사 방송)

88올림픽은 나에게 많은 아쉬움으로 남아있다. 올림픽이 개최됐을 때 나는 고등학교 3학년이었기 때문에 우리나라 최초로 개최되는 올림픽을 제대로 즐기지 못했다. 대학교 갈 준비를 했다. 하지만, 아버지와의 갈등과 안정되지 못했던 집안 분위기 때문에 대포(대학 진학 포기)를 하면서 청소년기가 마무리됐다. 빨리 군대에 가야겠다 생각을 하고 군대를 마치면 바로 사회 경험을 쌓아서 돈을 벌 계획이었다. 신체검사를 신청하고 장소와 날짜가 나오기만을 기다리고 있었다.

성남에 살지만, 신체검사는 고향인 경남 함양 근처의 진주에서 받아야 한다는 서면 통보를 받았다. 경남 거창에서 제과점을 오픈 준비하고 있는 외삼촌이 살고 계셔서, 신체검사하기 전 며칠 동안 외삼촌의 제과점 오픈하는 일을 도와드렸다. 신체검사를 앞둔 전날, 외할머니와 외삼촌은 새벽부터 빵 굽는 일을 하기 위해서 제과점으로 출근하셨다. 아침에 일어나 외할머니가 차려놓은 밥상 덮개를 열고 아침 식사를 하기 시작했다. 혼자 TV를 켜놓고 밥을 먹고 있었는데 TV에서 '땡땡땡' 하는 피아노 소리가 들리기 시작했다. 숟가락을 내려놓고 집중해서 TV를 보기 시작했다. 앞으로의 '유망직종 이색 직업'에 대한 프로그램이었다.

'KBS 무엇이든 물어보세요'의 리포터는 열심히 피아노 조율 학원 강사에게 질문했다. 강사의 설명이 나를 더욱 집중하게 만들었다.

"피아노 조율사는 어떤 분들이 하면 좋을까요?"

리포터의 질문에 피아노 조율 학원 강사님은 이렇게 대답했다.

"특별한 자격이 필요하진 않고요. 학력과 나이도 상관없습니다. 손으로 무엇인가를 만지는 것을 좋아하고 음악을 좋아하는 사람이면 더 좋습니다."라고 말하는 것이었다.

순간 나의 머리에는 벌써 피아노 조율사가 된 미래를 그렸다. 학력은 상관없다고 했고, 나이도 상관없고, 손으로 만지는 것을 좋아하고 학창 시절 밴드에서 기타리스트와 보컬로 활동도 했었다. 1분도 안 되는 순간에 '딱 내가 해야 할 직업이다.'라는 생각이 들었다.

무슨 생각이었는지 '열정을 다해서 피아노 조율에 평생을 쏟아부어야겠다.'라는 생각을 했다. 분명 밥을 먹고 있었는데 아침 식사를 했는지 안 했는지 기억이 안 났다. TV에서 안내해 준 학원 전화번호를 메모했다. 뭔가 모를 뿌듯함으로 든든하고 기뻤다.

다음 날 아침 일찍 신체검사장으로 향했다. 200여 명의 청년들이 모여 있었다. 한 명씩 신체검사를 받았고, 감독관들이 각 종목마다 꼼꼼하게 체크를 하고 있었다. 그런데 이게 웬일인가? 몇 시간이 지났는데도 내 이름이 들리지 않았다. 시간은 더 흘러 남은 사람은 나 외에 1명뿐이었다. 그 한 사람은 몸이 많이 불편해 보였다. 그나저나 왜 내 이름을 부르지 않는 걸까? 하고 다시 한번 통지서를 확인했는데 시간과 날짜, 장소는 분명히 맞았다. 불안한 마음이 들었다. '더 기다리면 안 되겠다' 싶어서 신체검사 감독관에게 물었다. 내게 돌아온 대답은 "김현용 씨는 2대 독자로 6개월로 빠졌어요." 순간 나는 멈칫했다. 복잡하고 혼란스럽게 청소년 시기를 마무리하고 대학도 포기하고 군대에 가서 내 삶을 한번 정리하고 전역하면 다시 새로운 삶을 시작하려고 했다. 근데 6개월이라니? "아니 왜? 제가 6개월이죠?" 다시 신체검사 감독관에게 물었다. 화가 난 음성으로 "아버지가 독자시고 아들 김현용 씨도 독자여서 2대 독자인 본인에게 혜택이 주어진 겁니다." 짜증 섞인 말투였다.

사실 아버지는 4남 3녀의 장남이었다. 고모 둘만 있던 큰 할아버지 댁에 아버지는 양자로 가게 됐고 호적이 바뀌면서 독자가 됐다. 집안에 아들이 혼자니까 그렇게 해서 2대 독자가 됐다. 나는 6개월이라는 혜택이 달갑지가 않았다. 계획에 차질이 생긴 것이다. 감독관에게 "그럼 잠깐 10분 정도만 생각해 볼게요." 감독관은 저 사람 왜 저러나 하는 눈빛으로 "마음대로 하세요." 하고 퉁명스럽게 얘기했다.

잠시 하늘을 멍하니 쳐다보면서 생각했다. 전날 아침에 봤던 'KBS 무엇이든 물어보세요'에 나왔던 피아노 조율 학원이 갑자기 생각이 났다. '그래, 친구들은 대학 4년, 군대 2년 합쳐서 6년이 지나야 졸업하고 군대 갔다 올 수 있었다. 군대 생활을 6개월만 하면 바로 사회생활을 할 수 있으니까 친구들보다 5년의 시간을 더 벌 수 있구나.' 하는 생각에 순간 무릎을 내리쳤다. 신체검사 감독관에게 의지를 불태우며 말했다. "감독관님. 6개월 가겠습니다." 신체검사는 빠르게 끝났다. 집으로 올라와 바로 병무청에 군대 입영을 신청했다. 그렇게 빠르게 군대 생활 6개월이 시작되었고, 6개월의 훈련을 마치고 피아노 조율 학원에 연락을 했다.

방송에 나왔던 피아노 조율 학원은 부평에 있었기 때문에 살고 있는 성남과는 거리상 너무 멀어서 천호동 피아노 조율 학원을 안내받았다. 바로 전화를 걸어서 학원의 위치와 수강료, 필요한 공구 등 궁금한 것을 질문하고 상담 날짜를 잡았다. 전화로 상담을 하고 바로 학원으로 향했다. 마음이 설렜다. 성남에서 천호동 사거리까지 가는 빨간 버스를 타고 피아노 조율사가 되는 꿈을 꾸면서 학원에 도착했다. 조율에 대한 전반적인 설명과 필요한 공구 구입에 대한 상담을 받고 돌아왔다.

학원비와 공구 구입 비용을 마련하기 위해 돈을 벌어야 했다. 마침 성남에서 가장 오래된 성남 악기사에 기타 강사로 취직을 하게 됐다. 아침 9시까지 천호동 피아노 조율 학원에 가서 2~3시간 피아노 조율을 배우고, 악기사에 가서 간단하게 라면 하나를 끓여 먹은 다음, 접수된 수강생들의 기타 레슨을 했다. 레슨 중간에 간식과 김밥을 먹으면서 체력을 보충했다. 체력을 보충하면서 1시부터 시작된 기타 레슨은 매일 밤 11시가 다 되어서야 끝났다.

그때 당시 대학교 4년제 졸업자의 평균 월급이 30만~35만 원 정도였는데 나는 기타 레슨으로 80만 원 넘게 벌었다. 기타 레슨으로 고수익을 올린 거다. 통기타를 배우는 사람들이 참 많았다. 부모님께 손 벌리지 않았고, 그렇게 기타 강사로 번 돈으로 피아노 조율에 필요한 여러 가지 공구와 가방을 샀다. 피아노 조율 과정은 6개월 과정이었다. 평생직업으로 생각했기 때문에 탄탄하게 배우고 싶었다. 원장님께 이야기하고 2개월을 더 연장해서 꼼꼼하게 레슨을 받기로 했다. 학원 피아노 현이 끊어지면 선생님께 미리 말씀드려서 쉬는 시간에 현을 직접 갈아 봤다. 부속도 수리해 보고 실전에 사용할 수 있는 기술들을 배웠다. 총 8개월의 시간이 지나 수료를 했지만 피아노 조율 기술에 대한 욕심을 채우기에는 부족했다.

학원 원장님께 우리나라에서 가장 피아노가 많은 종로 낙원상가 쪽에 일자리를 부탁드렸더니 바로 알아봐 주셨다. 성남에서 낙원상가까지 버스와 지하철을 타고 3시간 거리를 출퇴근했다. 낙원상가에서 매일같이 피아노 조율과 수리를 하면서 현장에서 필요한 피아노 조율 기술에 대한 욕심은 조금씩 채워져 갔다. 낙원상가에서 많은 피아노를 조율하고 수리하면서 닦은 기술은 성남에 있는 삼익피아노에 취직을 하면서 더욱 빛을 발하게 됐다.

대학 진학을 포기하고 고졸이었던 나는 다른 사람보다 특별히 잘하는 것이 없었기에 잘 할 수 있는 일을 찾아야 한다는 생각을 계속하고 있었다. 그 생각 때문이었을까? 운명의 1분 동안 TV에서 들려오던 '땡땡땡' 피아노 조율하는 소리는 인생에서 가장 행복한 소리가 되었다.

사람은 평생 살면서 3번의 기회는 온다는 말이 있다. 나는 그 짧은 1분 동안 내 평생직업을 선택했다. 기회가 왔을 때 주저하지 않고 선택하는 것은 자신의 삶에서 또 다른 큰 기회가 될 수 있다. 선택, 그것은 자신이 하는 거다. 부모님이나 누군가의 선택으로 자신의 직업이나 삶을 선택한다면 그 속에서 참된 의미를 찾기는 힘들 수 있다. 당당히 자신에게 온 기회를 찾고 열심히 정진한다면 반드시 앞서가는 삶을 살 수 있다.

인생 첫 피아노 조율 자격증에 도전하다

피아노 조율사로 일하기 시작한 1990년도는 우리나라뿐만이 아니라 전 세계적으로 어쿠스틱 피아노의 중흥기였다. 좋은 목재를 사용하여 품질도 최고였고, 생산과 판매도 많을 때였다. 피아노 조율사로 근무했었던 피아노 매장은 한 달에 100대 정도의 피아노가 판매되었다. 신품 피아노 매장에 출근하면 하루에 2대 이상 피아노를 조율했다. 피아노 조율이 끝나면 별도의 매장업무를 보곤 했다. 그곳에서 국가공인 피아노조율기능사 자격증 시험을 칠 때까지 많은 경험을 할 수 있었다. 학원에서 배웠던 시험의 내용과 낙원상가에서 연습했던 모든 것을 실기시험에 쏟아부었다. 평일에 매장 업무가 끝나면, 평상시 관리하던 피아노 학원에 가서 여러 대의 피아노를 조율하는 연습을 했다. 학원 피아노를 조율했던 경험이 자격증 시험을 볼 때 많은 도움이 됐다.

부족한 부분을 연습하고 반복했다. 피아노 조율과 피아노의 설계된 밀리미터 수 대로 다시 세팅을 해주는 조정 작업까지 마무리해야만 했다. 피아노 조율은 기본음을 소리굽쇠로 49번 건반 '라'음을 먼저 맞추고 주변 한 옥타브 아래 37번 건반 '라'음을 옥타브 동음으로 맞추고 주변 12반음계를 평균율로 맞춘다. 그다음 동음을 하나씩 맞춰나간다. 이렇게 피아노 조율의 기초음 평균율 조율이 끝나고 나면 다시 저음, 중음, 고음 순으로 옥타브와 동음을 맞춰 나간다. 전체 음을 조율할 때는 정통 유럽식 조율법으로 각 음들을 체크해 나가면서 조율을 마무리한다. 실제로 조율 시험을 볼 때는 적어도 3회 정도의 조율로 음을 안정시키고 나머지 피아노 조정 작업으로 점수를 받는 작전으로 국가공인 피아노조율기능사 실기시험을 준비했다. 지금은 튜너가 있어서 체크해 가면서 피아노 조율 연습을 할 수 있지만, 그때만 해도 전자기기로 체크하면서 피아노 조율 시험을 준비하기는 어려운 실정이었다. 반복 또 반복 연습밖에는 방법이 없었다.

필기시험을 먼저 합격해야 했다. 국가공인 피아노조율기능사 필기시험을 접수하고 성동공고로 시험을 보러 갔다. 필기시험은 일요일에 있었기 때문에 특별히 매장 일을 하는 것에는 지장이 없었다. 시험장에 도착해서 차분하게 필기시험을 준비했다. 준비된 문제집은 따로 없었지만, 학원과 여러 선후배들을 수소문해서 많은 양의 문제집을 확보하고 문제들을 풀었다. 긴장을 하지는 않았다. 필기시험이 시작되고 침묵 속에서 빠르게 문제를 풀어 나갔다. 풀었던 문제와 유형은 달랐지만, 문제의 답을 찾을 수 있었다. 차분하게 필기 문제를 다 풀고 시험지를 제출했다. 공부했던 문제지와 이론 책 3권을 번갈아 보면서 문제의 답을 확인해 나갔다. 체크 결과, 적어도 85점 이상은 나올 것 같아서 안심하고 집으로 향했다. 집으로 오는 버스 차창 틈 사이로 들어온 바람이 상쾌하게 온몸을 감쌌다. 한 달쯤 후에 필기시험에 합격했다는 통보를 받았고 실기시험을 접수했다. 실기시험 접수 후, 한 달 가까운 시간의 여유가 있었다. 다시 매장과 성당 피아노, 학원 피아노를 조율해 가면서 최악의 시나리오에 대비해 시험 준비를 했다.

시험을 준비하는 시간은 늘 충분하지 않은 것 같다. 어느새 한 달이 지나, 실기시험장 근처 마포 공덕동에 하루 전에 미리 방을 잡고, 다음날 있을 국가공인 피아노조율기능사 실기시험을 대비했다. 늦은 시간에 잠을 청하고 4시간 뒤 일어나 아침 식사를 하고 한국산업인력공단 서울본부로 향했다. 무거운 공구가방을 들고 언덕을 올라 좌측 편에 있는 피아노 조율 실기 시험장이 있는 2층으로 올라갔다. 올라가자마자 맞은편 대기실에서 대기했다.

자판기 커피를 한잔 마시고 대기실로 다시 향했다. 전체 번호표를 뽑고 주의사항을 들은 후에 각자의 실기시험 방으로 입실했다. 피아노의 전체 이상 유무를 확인하고 감독관님이 조정 문제를 냈을 구간의 피아노 부속들을 확인했다. 여러 개의 부속을 올리고 내려서 흐트러트려 놓고 문제를 냈다. 기본적으로 바로 처리할 수 있는 부속의 조정은 마무리를 지었다.

기본조정이 끝나고 바로 조율을 시작했다. 옆방의 피아노 조율 소리도 들렸기 때문에 최대한 집중을 해야 했다. 2시간 30분이라는 시간이 주어졌다. 중간에 화장실에 들러 세수를 하면서 정신을 가다듬었다. 2시간 10분 만에 모든 실기시험을 마무리하고 다시 화장실을 다녀온 후에 앉아서 대기하고 있었다. 실기시험 시간이 모두 종료되고 두 명의 시험 감독관님들이 조율과 조정을 체크해 나갔다. 큰 이상은 없었지만, 긴장감이 감돌았다. 각 음들을 체크할 때 각 건반과 기입하는 음정 수치가 맞는지 하나하나 확인했다.

전체 체크가 마무리되고 감독관님 중 한 분이 "수고했습니다. 공구 잘 챙겨 가세요."라고 하신다. 그 다정한 말 한마디가 긴장됐던 마음에 위로가 됐다. 왠지 느낌이 좋았다. 공구를 챙기고 계단을 한참을 걸어 내려 나와서 도로 맞은편 설렁탕집에서 식사를 하고 한숨을 돌렸다. 아침 8시 10분 정도부터 대기했다가 2시간 30분의 실기시험을 치르느라 배가 고팠다. 허겁지겁 설렁탕 한 그릇을 싹 비워내고 집으로 향했다. 한 달여의 시간이 지나 실기시험 합격자 발표날이 다가왔다. 지금처럼 핸드폰이나 인터넷이 발달되지 않았을 때여서 전화 ARS로 합격자 확인을 했다. 안내에 따라서 수험번호를 넣고 기다렸는데 잠시 후에 '김현용 님은 합격입니다.' 3번째 만의 실기시험 합격이었다.

실기시험 정보도, 디지털 기기도 많지 않았던 때여서 보통 적어도 5~6번의 시험 도전 후에 합격하곤 했다. 그래도 빨리 합격을 한 편이어서 자격증 취득 후에 피아노 학원과 개인 조율을 할 때 많은 도움을 받을 수 있었다. 2년 넘게 도전하던 나의 첫 국가공인 피아노조율기능사 자격증이 손안에 들어왔다. 지금도 합격했던 그때를 생각하면 기분이 좋아지고, 입가에 미소가 번진다.

무엇이든지 첫 번째라는 것은 많은 의미가 있다. 남다른 노력으로 자신이 원하는 목표를 달성하는 것은 끊임없는 노력과 도전으로 얻을 수 있다. 남들 하는 만큼 노력하면 내가 목표한 만큼의 목표 달성을 못 할 수도 있다. 기간을 정하고 치밀하게 계획을 세워 열정을 다해서 노력한다면 어떤 목표도 이룰 수 있을 것이다.

국가공인 피아노조율산업기사에 도전하다

국가공인 피아노조율기능사를 취득하고 현장에서 일을 했지만 자격증을 취득하고도 큰 효과를 발휘하지 못했다. 그 당시만 해도 자격증이 있고 없고는 별반 차이가 없었다. 한동안 그랜드피아노를 유지 보수하는 국가공인 피아노조율산업기사 자격증은 취득하지 않고 있었다. 현장에서 음악 학원과 교습소, 일반 가정집, 전공 학생 등을 대상으로 삼익피아노 매장에 취직해서 피아노 조율이 필요한 곳에 파견되어 지속적으로 피아노 조율을 했었다. 삼익피아노 매장 사장님은 피아노조율사협회에 등록하는 것과 자격증 따는 것을 그렇게 중요하게 생각하지 않았다.

지나서 생각해 보면 영업을 하는 사장님의 입장에서는 직원이 자격증에 신경을 쓰고 판매를 신경 쓰지 않을 거라는 판단에서 그렇게 하셨던 것 같다. 그 대신 영업적인 마인드를 가진 사장님에게 현장에서 사용할 수 있는 영업기술과 마케팅, 홍보 방법 등의 다양한 피아노, 악기 영업을 제대로 배울 수 있었다. 실제로 그 당시 삼익피아노 매장에서 근무했던 사람들은 자신의 악기 매장을 내고 각자의 영업을 잘 펼쳐 나갔었다. 하지만 나에게는 여전히 피아노조율사협회 가입과 피아노 조율 기술에 대한 갈증이 있었다.

그랜드피아노를 유지 보수할 수 있는 국가공인 피아노조율산업기사에 도전하기로 마음먹고 공부를 시작했다. 국가공인 피아노조율산업기사는 필기시험에 합격하고 실기시험에 맞는 패턴을 다시 연습해야만 했다. 운전면허증을 따기 위해서 필기를 보고 합격을 한 뒤에 코스와 주행 연습을 하는 것과 마찬가지다. 한 달간 경험이 많은 선배님을 찾아 나서기 시작했다. 그러던 중에 세계피아노조율학원에 등록하게 됐다. 원장님은 오랜 경험과 피아노 조율에 대한 자부심, 그리고 학생들을 가르치면서 쌓인 노하우도 충분히 가지고 있었다. 학원에 등록하고 한 달여간 피아노조율산업기사에 맞는 실기 방법을 배우기 시작했다. 실기시험 합격을 위해서 실기연습을 반복 또 반복했다.

피아노 조율 강사님의 실기시험용 그래프를 보게 됐다. 실기시험 때는 전체 조율을 한 다음, 각 건반 음의 수치가 그래프 안에 들어와야만 합격점을 받을 수 있다. 강사님의 그래프는 거의 퍼펙트하게 일자를 그리며 음정을 체크하여 흔들림 없이 조율되고 있었다. 그때 피아노 조율을 더 퍼펙트하게 해야 되겠다는 마인드를 가지는 계기가 됐다. 국가공인 피아노조율산업기사를 위해서 그랜드피아노 실기시험 위주로 시험을 치는 요령을 익히고 반복해서 연습해 나갔다. 피아노 조율과 조정 두 가지의 시험이 합쳐져서 합격점을 받게 된다. 나는 이미 피아노 조율을 하고 있었기 때문에 피아노 조정에 더 신경 쓰면서 실기 연습을 해나갔다. 실기시험 날짜에 아침 일찍 실기시험장이 있는 마포구 공덕동 한국산업인력공단에 도착해서 간단하게 식사를 하고 시험장 앞에서 대기했다.

나만의 아침 루틴을 수행하고 몸의 컨디션을 편안하게 유지하면서 실기시험을 준비했다. 잠시 후에 진행요원 한 분이 실기시험 안내를 한다. "시험 입장하겠습니다." 수검자들은 안내요원의 안내에 따라 실기 시험장으로 향했다. 수검자들의 얼굴에 긴장한 기색이 보였다. 실기시험 감독관님은 실기시험 시 주의해야 될 점과 세부적인 내용을 설명했다. 나눠준 프린트물을 참고하라고 공지하고 열심히 설명해 나갔다. 수검자들은 집중해서 설명을 듣고 각자 번호표를 등 뒤에 달고 대기실에서 바로 각자의 시험 볼 방으로 들어가서 실기시험을 치렀다. 실기시험장은 환경이 열악했다. 에어컨 설치가 안 돼 있었고 그랜드 피아노가 놓여있는 공간은 여유가 있었다. 에어컨이 없는 상황이어서 습도가 높은 상태였다.

실기시험을 보다 보면 그랜드 피아노 음정이 올라가는 현상이 계속 일어났다. 열악한 상황을 충분히 해결할 방법은 있었다. 3시간 동안 피아노 조율을 총 3회 정도 하면 된다. 그랜드피아노 조정을 30분에서 40분 정도 하는 거로 타이밍을 잡고 지속적인 연습을 했다. 학원에서 가르쳐 준 실기시험 요령과 내가 평상시에 체득했던 방법들로 피아노 조율을 진행했다. 실기시험이 시작되고 먼저 그랜드 피아노의 전체적인 상태를 점검했다. 큰 이상이 없었다. 실기시험장에 와 있는 피아노들은 그래도 컨디션이 나쁘지는 않았다. 1차 조율을 30분 정도에 전체를 마무리하고 빠르게 조율해서 원하는 위치 근처에 피아노 음들을 갖다 놓았다. 바로 2차 조율을 다시 시작해서 40분 정도 되는 시간에 정조율 위치에 좀 더 가까운 곳에 피아노 음들을 갖다 놓았다.

2차 조율이 끝나고 쉬지 않고 바로 전체적인 한 옥타브 내에 피아노 건반과 액션 부속들에 대해 정해진 수치대로 조정을 체크했다. 조정 밸런스를 맞춰 나갔다. 숨죽여서 각 부속의 부속 조정을 하고 있었지만, 긴장감과 함께 '꼭 합격해야 된다.'는 부담감이 있었는지 손이 미세하게 떨리고 있었다. 마음을 다잡고 신중하게 집중력을 다해서 피아노 조율과 조정을 해나갔다.

전체적인 조정 매뉴얼대로 체크한 결과 시험 감독관이 내준 문제들이 눈에 들어오기 시작했다. 피아노 건반 수평을 맞추기 위해서 액션 부속을 그랜드 피아노 본체에서 뽑아서 들고 건반을 위로 들어 확보된 공간에 동그란 종이 펀칭을 넣고 빼면서 건반의 수평을 맞춰 나갔다. 해머가 현을 때리기 직전의 간격인 해머 접근 거리 부속 조정을 끝내고 레피테이션 레버에 달려 있는 잭 전후, 상하 간격을 조정했다.

조정이 끝나고, 피아노 현을 때려주는 해머가 멈추는 거리 해머 스톱 거리를 조정하고 스프링 조정을 마무리했다. 차분하게 다시 한번 짧게 점검을 끝낸 후, 마지막 조정인 페달을 조정하고 그랜드 피아노 조정을 끝냈다. 그랜드 피아노 조정을 30분 정도에 마무리를 하고 다시 정조율을 시작했다. 중음 쪽에서 음의 기둥을 세우는 평균율을 하나씩 완성해 나갔고 중음, 저음, 고음 순으로 조율하고 옥타브와 동음 조율로 전체 조율을 마무리했다.

조율이 끝나고 남은 시간 동안 음정을 세분화해서 다시 한번 각 구간별로 점검을 하고 피아노 조율 전체 실기시험 종료 전 15분 전에 맞춰서 전체 조율 시험을 마무리했다. 시험 시간이 15분 정도 남아 있었기 때문에 여유 있게 마음을 먹고 편안한 상태에서 실기시험 채점을 기다렸다. 시험 진행요원이 시험이 끝났음을 알렸다. 실기시험을 본 수검자들은 밖으로 나왔고 채점이 시작됐다. 한 명씩 순서대로 채점할 때 잘 지켜봤다. 합격을 알 수는 없었지만, 전체적으로 결과는 나쁘지 않은 듯했다. 모든 공구를 챙겨서 시험장을 나와서 집으로 돌아왔다. 한 달 후 합격자 발표 날 떨리는 마음으로 수험번호를 넣고 확인을 했다. 마음 졸이던 순간, 결과는 '합격'이었다! 너무나도 기뻤다. 실기시험을 준비해온 시간들과 힘들었던 과정이 떠올라서인지 눈물이 핑 돌았다. 그렇게 취득하기 어려운 국가공인 피아노조율산업기사 자격증은 나의 삶에 의미 있는 한 획을 그었다.

살다 보면 꼭 해야 될 일들을 미루고 지나가는 경우가 있다. 결코 시간이 부족하거나 다른 일정으로 중요한 일들을 미루는 것이 아니라 결국은 게으름을 부리거나 '지금은 시간이 없으니까...'라는 이유로 미루고 만다. 하지만 우리는 꼭 생각해 볼 필요가 있다. 나중에라도 꼭 해야 되는 일이라면 바로 지금 당장 하는 것이 맞다. 그것이 시간이 지나서도 꼭 필요한 일임에도 불구하고 그 일을 미룬다면 성장과 성공에서 더 멀어지기 때문이다.

국가공인 건축도장(칠) 기능사 도전기

국가공인 자격증 시험은 어떤 자격증이나 여러 가지 단계를 거쳐서 시험을 치러야 한다. 부단한 기술 연마를 통해서 자격증 취득을 해야 하므로 어려운 부분이 많다. 국가공인 건축도장 기능사는 일하고 있는 피아노 조율 계통의 외장재의 칠 수리와 연결이 되어 있는 기술이었기 때문에 꼭 취득하고 싶은 자격증 중 하나였다. 자격증 시험을 알아보고 검색을 해보았다. 인터넷에서 학원을 찾아 방문했다. 원장님은 자격증 시험에 필요한 정보들과 자격시험에 응시할 수 있는 날짜, 필요한 공구들 비용 등을 세세하게 설명해 주었다. 학원 실기 연습장을 방문해서 먼저 연습하고 있는 도장 기술 연수 과정을 지켜봤다.

피아노 조율을 할 때 가끔 이삿짐센터에서 피아노를 이동하다가 파손되는 경우가 종종 있다. 특히 작은 사이즈 1m 10cm 높이의 콘솔형 피아노처럼 모양을 낸 피아노들이 그렇다. 모양을 내기 위해서 다리에 곡선을 준 콘솔형 피아노가 이삿짐센터에서 옮기다가 한쪽으로 쏠린다든지 떨어트려서 깨지는 경우가 많다. 때로는 다리가 턱에 걸려서 실금이 간다든지 부러진다든지 긁힌다든지 하는 상처들이 많이 나서 수리를 요청하는 경우가 있다. 그때마다 작업실로 피아노를 가지고 와서 상처 난 부분을 수리했다. 빠데(버티)를 발라서 말리고 샌드페이퍼로 면을 잡고 피아노 색깔과 맞게 배색을 한다. 검정, 빨강, 노란색 락카를 시너에 희석한다. 알맞은 색을 타야 하는데, 여기서 말하는 '알맞은' 칠 이란 참 설명하기가 어렵다. 검정, 빨강, 노랑 세 가지 색의 락카로 피아노 색을 절묘하게 맞춘다는 것은 초보인 상태에서는 하기 어렵다.

학원 견학을 마무리하고 집으로 돌아와서 인터넷 검색을 해보았다. 도장 기능사에 대해서 자세하게 설명이 나와 있었다. 이론은 머릿속에 기억할 수 있지만, 실제로 시간에 맞춰 칠을 해보고 연습을 하지 않으면 합격하기가 어려운 자격증이었다. 시험 내용들을 프린트하고 필기시험은 어떻게 치러지는지, 실기는 어떤 문제가 나오고, 어떻게 치러야 되는지를 머릿속에 넣었다. 프린트물을 지참하고 학원 등록을 했다. 교실은 국가공인 건축도장기능사를 취득하기 위해서 실기시험을 준비하러 온 수강생들로 꽉 찼다.

꽤 많은 여성들도 도장기능사 자격증을 공부하려고 와 있는 것이 눈에 띄는 점이었다. 그 당시 MBC '나 혼자 산다'에 손담비 씨의 지인으로 나온 임수미 씨가 여성 인테리어 전문가로 나온 적이 있는데 그런 영향도 있는 것 같았다. 그 외에도 건축과 학생들과 실제 현장에서 도색을 하는 전문가들도 자격증 취득을 위해서 학원을 찾았다. 옆에 앉아 있던 아들과 어머니는 아버님이 건설 회사를 운영하는데 회사 운영에 필요해서 자격증을 취득하러 왔다고 했다. 다양한 사람들이 자신의 발전을 위해서 자격증을 따러 왔다. 나도 꼭 합격해야 한다는 의지를 불사르며 실기 교육에 임했다.

시험에 필요한 재료들과 수성락카, 수성 페인트, 락카 페인트, 유성 페인트, 매일 공용으로 사용하는 칠 종류들이 교육장 앞쪽 테이블에 정리되어 있었다. 희석제인 물과 락카 시너, 유성 페인트 희석재로 쓰이는 에나멜 시너 등도 놓여 있었다. 잘 섞을 수 있는 스틱

과 나무젓가락도 있었다. 선생님은 실기시험에 대한 전체적인 개요를 설명해 주었다. 현장에 8시 30분까지 도착해야 되고 지급한 도구들을 잘 챙겨가라고 당부했다. 시험시간을 엄수해서 그 시간 내에 작업을 완료해야 된다고 했다.

중간에 도면을 그려놓은 선을 넘어서는 경우 감점이고 칠이 흘렀을 때도 감점이기 때문에 주의해야 했다. 흘린 칠의 양과 크기에 따라서 감점이 된다고 자세하게 알려 주었다. 시험을 칠 때 다른 사람이 내 작업대에 놓인 붓이나 자 또는 종이컵에 담긴 칠들을 쳐서 넘어트리지 않도록 주의하라고 했다. 희석재나 다른 도구들을 공동으로 사용하기 때문에 가지러 갈 때도 쏟아서 다른 사람에게 피해를 주는 일이 없도록 하라고 당부했다.

시험을 칠 때도, 우리가 삶을 살아갈 때도 마찬가지다. 나의 작은 실수로 인해 다른 사람에게 피해를 주면 안 될 것이다. 시험 치러 온 다른 사람이 나의 실수로 불합격한다면 그 얼마나 미안하고 큰일 날 일인가? 실기시험 날을 위해서 선생님이 강의해 주신 내용을 꼼꼼하게 노트에 적고 또 적었다.

몇 시간에 걸쳐 실기시험 내용들을 이론과 함께 숙지하고, 정해진 나무판에 본인이 직접 도면을 그린다. 순서에 입각해서 종이 테이핑을 하고 희석제를 사용해서 수성페인트와 락카 페인트, 유성페인트칠을 연습했다. 중간에 들어가는 상도와 하도에 사용하는 칠들을 다양하게 실습했다. 희석제를 다른 칠에 넣는 사람, 칠을 엎지르는 사람, 정해진 칠 구역을 넘어서 칠한 사람 등 별사람이 다 있었다. 실기시험에서 실제로 일어날 수 있는 오작과 탈락이 반복되고 있었다. 여러 번의 반복으로 실기시험을 치르는 내용에 대해서 확실하게 숙지했다. 정해진 도면에 간격별 밀리미터와 또 한 번 주의할 점들에 대에서 숙지하면서 실기시험을 꼼꼼하게 준비했다.

옆자리에 미술을 전공한 여학생이 있었다. 그 학생은 도면을 참 잘 그리고 칠하는 것도 깔끔하게 잘했다. 물론 실기시험 감독관님이 내준 대로 칠을 배합하고 혼합하는 능력은 내가 월등히 나았다. 피아노 칠 조색을 자주 해봤기 때문이다. 나는 선생님께서 시험 현장에서와 똑같이 내준 색깔을 작업대 앞에서 수성페인트와 락카 페인트, 유성 페인트 세 가지를 별도로 각각의 도료를 가장 빨리 섞어서 순서대로 칠했다.

실기 연습은 순조롭게 진행됐다. 꼼꼼한 실기 연습으로 합격 확률은 80%로 높아져 있었다. 물론 큰 실수를 한다면 떨어질 수도 있었기에 위험 요소가 너무 많았다. 국가공인 건축도장기능사를 합격하기 위해서는 도면을 잘 그리고 구간별 폭의 센티미터를 잘 확인해야만 했다. 순서에 따라 칠을 하고 선을 넘지 않는 것도 중요했다. 칠이 흐리지 않게 하는 것도 중요했지만 각각의 포인트에 순서마다 탈락할 수 있는 오작 확률을 줄이는 것이 합격의 관건이었다.

다시 한번 선생님께서 말씀해 주신 리스트를 꺼내서 하나씩 스킬을 반복하고, 도면을 그리고, 선을 그렸다. 선생이 실수를 많이 하는 오작과 탈락 구간에 대해서도 알려주었다. 실수하지 않기 위해서 지속적으로 머릿속으로, 마음속으로 새겨 넣었다. 실기 교육은 그렇게 열정을 다하면서 끝났다.

드디어 실기시험 날이 다가왔다. 실기시험장인 부천으로 향했다. 아침 일찍 든든한 식사를 하고 커피 한 잔과 함께 최상의 몸 상태를 만들었다. 현장에 도착해서 전날 순서대로 배열해 놓은 공구들을 다시 한번 체크하고 수험표와 신분증을 챙기고 시험장으로 향했다. 실기시험장은 부천의 한 공업고등학교였는데 실기시험장으로 가는 길에 다양한 자동차 모형과 부속들이 놓여 있었고 자동차 엔진도 있었다.

칠 도구들과 밀링, 선반들. 여러 가지 학교에서 교육하는 다양한 공구와 학생들이 완성한 작품들이 복도에 일렬로 전시돼 있었다. 시험장에 입실하자 실기시험 진행요원과 감독관들이 반갑게 맞아주었다. 그러나 시험이라는 중압감으로 반갑게 인사를 건넬 수는 없었다. 가벼운 목례를 하고 대기실에 시험에 쓸 붓과 재료, 공구들을 내려놓고 대기를 했다.

한 분의 시험 감독님께서 신분증을 제시해 달라고 했다. 수검표와 신분증을 확인한 후에 대기실로 이동해서 대기했다. 나 역시 피아노조율사 실기시험 관리위원과 감독위원을 여러 해 해오고 있어서 실제로 수검자들이 느끼는 힘든 부분과 긴장되는 마음, 이런 것들을 잘 알고 있었다. 실기시험장에 있는 대표 시험 감독님이 "커피도 드셔도 되고요. 긴장하지 마시고 편안하게 계시면 돼요."라고 말씀하시며 긴장을 풀어 주셨다. 참 고마웠다.

그래도 긴장을 안 할 수는 없었다. 감독관님은 한마디 건넨다. "커피 한잔 드시고 다른 분들이 올 때까지 잠깐 대기해 주세요." 여유롭게 대기실에서 대기를 할 수 있었다. 역시 피아노 조율 실기시험 감독과 관리위원으로 참가했을 때와 달리 직접 수검자가 된 지금의 나는 시험 보는 학생의 느낌 그 자체였다. 국가공인 자격증 시험뿐만이 아니라 세상에 어떤 시험도 긴장하기 마련이다. 손이 떨리고 몸이 떨리지는 않았지만, 왠지 모를 긴장감이 있는 건 사실이었다.

시험에 떨어지면 또다시 시험을 보러 올 수는 없었다. 왠지 모를 강한 의지가 솟아올랐다. 학원에서처럼 다양한 연령대의 남성, 여성들이 시험을 치르기 위해 속속 도착했다. 시험 시간이 다가오자 시험 감독관님께서 들어와서 문제지를 나눠주고 신분증을 다시 한 번 확인하고 한 명씩 사인을 받았다. 사인이 끝나고 주의사항과 오늘 수행해야 하는 실기시험 과제에 대해서 내용을 안내해 주었다.

안내가 끝나고 번호를 추첨해서 부여받은 번호표를 등 뒤에 집게로 하나씩 고정을 했다. 자신의 번호와 같은 번호의 작업대에 가서 시험을 치기 시작했다. 총 시험 시간은 4시간 30분, 장시간이었다. 중간 점심시간을 제외하고도 많은 시간을 실기시험에 할애해야 해서 극도의 피로감이 몰려오는 작업이었다. 나는 학원에서 여러 번의 연습을 통해 단련돼서 충분히 견딜 수 있었다. 체력적인 준비와 마인드 컨트롤이 돼 있었다. 그런 이유로 시간은 나에게 크게 중요하지 않았다.

시험이 시작되고 하나하나 머릿속으로 숙지한 내용대로 실수하지 않으려고 체크 포인트를 되뇌었다. 머릿속으로 체크하면서 실기시험을 치르기 시작했다. 한 단계 한 단계 넘어갈 때마다 나보다 먼저 선을 긋고 칠을 하고 다음 단계로 넘어가는 사람들을 보았다. 나는 기본 도면을 그리고 있는데 벌써 칠을 하는 사람들도 있었다. 칠을 끝내고 드라이기로 말리고 바깥에 나가서 사포질을 하는 사람도 있었다.

학원 선생님의 말씀이 떠올랐다. "여러분보다 훨씬 빨리 실기시험을 진행하고 있는 수검자가 있다고 해서 긴장하거나 조급해하지 마세요. 여러분들의 페이스대로 하면 됩니다." 다시 한번 마음을 다잡았다. '평상시 시간 타임을 체크해 놓은 대로 그대로만 하자.'라고 마음속으로 다짐했다. 실기시험이 끝나고 작품을 제출하는 데 신경 쓰라는 학원 선생님의 말씀을 다시 새겼다. 다른 사람이 내가 도면을 그릴 때 칠을 먼저 하거나 내가 칠을 하고 있는데 벌써 드라이기로 말리고 사포질을 하고 칠의 면을 잡고 다음 칠에 들어간다고 해도 내 페이스를 유지했다. 연습했던 시간 내에 오직 내가 나의 작품을 내고 합격하는 데에만 신경을 썼다.

시간이 지나서 점심시간이 됐다. 대표 시험감독관님은 도시락을 먹을 사람들의 인원을 파악했다. 도시락이 도착해서 물과 함께 도시락이 하나씩 지급됐다. 꿀맛 같은 점심시간이었다. 식사를 하면서 긴장했던 마음을 조금은 풀 수 있었다.

도시락을 먹고 화장실을 다녀와서 다시 실기시험에 들어갔다. 아직 60% 정도 남은 실기 시험 양을 빠르게 수행해야만 했다. 아무리 빠르게 하더라도 나보다 더 빠르게 시험을 치는 사람은 있었다. 신경 쓰지 않았다. 학원 선생님의 말씀을 다시 새기고 나 스스로 체크한 내용들을 다시 한번 머릿속으로 숙지했다. 실기시험을 진행해 나가면서 큰 실수는 없었다. 예상한 대로 칠이 빨리빨리 되지는 않았다. 칠을 할 때 약간의 실수들은 감점이지 오작이나 탈락이 아니라는 선생님의 말을 되뇌고 계속 실기시험을 진행해 나갔다.

거의 마무리 직전에 드라이기로 칠을 말리고 작품을 낼 수 있었다. 진행요원 아르바이트 학생들이 주변을 정리하고 있었다. 그래도 나는 신경 쓰지 않았다. 실기시험 시간 종료 10분 전까지 끝까지 최선을 다해서 작품을 완성했다. 작품을 제출하고 '휴~'하는 한숨과 함께 마음속에서 가벼움이 느껴졌다. 실기시험 재료와 공구들을 챙겨서 시험장 건물 밖을 나와 계단을 내려왔다. 차로 가는 도중에 '아. 이제 다 끝났구나!'라는 안도의 한숨을 길게 내쉬었다.

큰 실수를 없이 완성된 작품을 내고 감독관님들의 표정에서 긍정적인 느낌이 들었다. 약간의 선을 벗어난 칠이 눈에 밟히긴 했다. 그러나 그것은 '감점 요인이지 불합격으로 작용하지 않는다.'는 선생님의 말을 떠올리며 마음을 안심시켰고, 어렴풋이 합격을 기대할 수 있었다. 차에 공구들을 싣고 집으로 오는 길에 다시 한번 오늘 시험 봤던 내용을 머릿속으로 되짚어 봤다. 큰 실수를 한 건 없는가? 설계 도면을 잘 그리고 순서대로 선을 넘지 않고 칠을 잘했는가? 크게 실수한 것은 없었다. 이제 남은 것은 합격 날짜를 기다리는 것뿐이었다. 아직 합격자 발표가 나지는 않았지만, 기분만큼은 최상이었다.

합격자 발표 날짜가 됐다. 인터넷 사이트에 접속해서 합격 여부를 확인했다. 합격이었다! '김현용 님은 국가공인 건축도장기능사 실기시험에 합격하셨습니다, 축하드립니다.' 내 삶의 또 하나의 자격증을 취득할 수 있었다. 피아노 조율 기술에 든든한 버팀목이 하나 더 생겼다.

새로운 도전은 항상 삶에 탄력을 준다. 또한 도전은 많이 긴장되고 낯설고 어렵지만, 자신이 살아있음을 느끼게 만든다. 나의 일과 관련된 자격증이나 평상시에 관심 있는 분야의 자격증에 도전해볼 것을 권해본다. 새로운 도전은 도전의 결과물을 안겨줄 뿐만 아니라 새운 나로 성장시킨다!

국가공인
건축목공기능사에 합격하다

내가 현재 가지고 있는 국가공인 자격증은 국가공인 피아노조율산업기사, 국가공인 피아노조율기능사, 국가공인 건축도장(칠)기능사이다. 피아노조율사들은 보통 관련 자격증으로 피아노조율기능사와 산업기사만 취득을 한다. 다양한 경험을 하고 관련 자격증을 취득하면 실제 피아노 조율 현장에서 사용할 수 있기 때문에 효용가치가 높다. 그런 이유로 연말에 있는 국가공인 목공기능사 시험에 또 한 번의 도전을 하기로 했다.

거리는 1시간 30분 정도로 멀지만, 괜찮은 곳을 찾았다. 1차로 실기교육 접수를 해 놓았다. 학원 상담 선생님의 상담을 통해서 간단하게 11월 말에 실기시험 접수가 있고 12월 실기시험 교육이 끝남과 동시에 12월 초부터 중순까지 국가공인 목공기능사 시험이 전국에서 치러진다고 했다. 날짜와 수강료를 전화로 안내받았다. 학원 방문을 약속하고 전화를 끊었다.

학원 선생님께 안내받은 자격증에 대한 내용을 다시 한번 검색을 했다. 국가공인 도장기능사처럼 국가공인 목공기능사도 자세하게 나와 있었다. 관련 동영상을 찾아보고 필요한 재료와 공구들, 실기수업 내용들을 숙지했다. 인터넷이 발달해서 참 좋은 것 같다. 예전에 국가공인 피아노조율기능사와 국가공인 피아노조율산업기사를 취득할 때만 해도 인터넷이 보급되기 전 이어서 정보를 얻기 힘들었다. 시험에 대한 정보는 학원 안내서 정도로만 확인할 수 있었고 학원을 가야 상담을 받을 수 있었다. 카더라 통신처럼 먼저 합격한 선배들이 이런저런 요령들을 알려주곤 했다. "라떼는 말이야..." 하면서 라떼 아저씨가 되곤 했다. 그렇게 시험에 대한 정보를 어설프게 알고 시험을 치면, 시험 현장의 환경이 항상 더 열악하기 때문에 합격 확률은 낮을 수밖에 없었다. 여러 번 떨어지는 사람들도 많았던 만큼 자격증 시험을 어렵게 치르곤 했다.

요즘은 인터넷이 발달되어 인터넷을 통해서 자세한 내용을 다 확인하고 미리 준비할 수가 있다. 사전 지식을 가지고 선생님과 약속한 날짜에 학원으로 향했다. 기본적인 교육 일정과 실기시험 날짜, 접수 날짜 등에 관해 설명을 듣고 결제를 했다. 결제를 하고 왼쪽 테이블을 보았는데 '목수의 인생 이야기'라는 제목의 책이 한 권 있었다. 상담하는 선생님께 물었다. "원장님이 쓰신 책인가요?" 선생님은 "네."라고 대답을 한다. 나는 주저 없이 "한 권 주세요." 하고만 오천 원을 결제했다. 나 역시 책 쓰기를 준비하고 있었기 때문에 원장님의 목수 이야기책에 눈이 번쩍 뜨일 수밖에 없었다.

같은 기술 계통에서 일하시는 분이라 바로 책을 읽어 내려갔다. 최근 빠르게 읽는 리딩법을 배우고 나서 책 한 권을 읽는 데 20분이 채 걸리지 않는다. 책 읽기가 끝났는데 잠시 후에 원장님이 들어오셨다. 원장님께 "안녕하세요." 하고 인사를 했다. 나를 반갑게 맞아 주셨다. "네. 미안합니다. 교육이 좀 늦게 끝나서 지금 왔네요." "아닙니다. 기다리는 동안 원장님이 쓰신 책을 다 읽었어요. 너무 재미있습니다."라고 했다. "책 한 권을 그렇게 빨리 읽으시면 내용 숙지가 안 되실 텐데요." 하신다. 당신이 쓰신 책에 대한 자부심이 느껴졌다. 원장님은 하나하나 꼼꼼히 챙겨 보라시며 미소를 지으셨다. 책 내용에 '46년 목수'라는 내용이 있었다. 목공 쪽에서 일을 하신 지가 46년이나 되셨다는 것은 몰랐다.

원장님은 "목공일 한 지가 좀 오래됐죠?" 하신다. "네. 책 중간쯤에 보니까 아버지 학교 나오신 것도 같고, 책을 쓰도록 도움 주신 분이 제가 지금 책 쓰기 수업을 받고 있는 분과 같은 선생님이시네요."라고 말씀드렸더니 "아~, 그러세요?"라고 하시면서 글쓰기 선생님과의 사연을 말씀해 주셨다. 이야기를 마치시고 "안부 전해주세요."라고 하셨다. 실기 날짜를 확인한 다음 공구들을 결제하고 학원을 나섰다.

이제 나는 글을 쓰고 책 쓰기에 도전한다. 글쓰는 피아노조율사가 된 것이다. 새로운 것들을 좋아한다. 아무도 가지 않은 눈밭에 발자국을 남겨 본 적이 있는가? 어린 시절 눈밭을 폴짝폴짝 뛰어다녔던 그 신선하고 신기한 경험이 아직도 기억에 남아있다. 원장님의 책을 보고 목공 전문가로서 새로운 길을 가는 신선함을 느꼈다.

남들보다 더 나은 삶을 살기 위해 자격증도 남들보다 먼저 취득하고 기술자로서, 피아노 조율사로서 많이 생각하고 노력해 온 삶이었다. 그런 과정에서 이제는 나이가 50이 넘었으니 삶에 대한 중간 정리도 할 겸 책을 쓰는 작가로의 삶도 꿈꾸게 되었다. 오래전에 작가를 꿈꾼 적이 있었는데 정말 책을 쓰게 되니 참 신기할 따름이다. 원장님의 책을 읽고서 많은 힘을 얻을 수 있었다. 써야 할 많은 내용이 머릿속에 떠오르고 있었다. 책을 빨리 쓰고 싶다는 의지를 불태우며 집으로 돌아왔다.

기다리던 첫 목공교육 날짜가 됐다. 서둘러서 학원에 도착했다. 함께 공부할 목공 10기반 동기들이 한 명 두 명 모이기 시작했다. 원장님의 첫 수업으로 목공수업의 문을 열었다. 원장님은 안전교육과 소방교육 등등 우리가 지켜야 되는 안전 수칙과 함께 안전사고가 생겼을 때 가까운 병원이 어디 있는지까지 자세하게 설명하셨다. 당당한 체구의 원장님은 그야말로 강단 있고 짱짱한 모습이었다. 원장님은 "나는 지금도 등산을 다니고 열심히 일을 하기 때문에 건강은 자신 있습니다. 현장에서 46년 일하면서 마스크 한 번 쓴 적 없고 아픈 적도 별로 없었습니다."라며 당당히 자신의 상황을 얘기해 주었다. 원장님의 눈빛과 말투에서 자신감과 목공인으로서의 자부심이 느껴졌다.

원장님의 설명이 끝나고 목공 10기반 실기시험을 담당해 줄 선생님이 우리에게 인사를 했다. 선생님은 온화하고 위트 있는 짧은 머리에 건강한 모습이었다. 실기시험을 어떻게 치러야 하는지와 설계도면인 현치도는 어떻게 그려야 하는지를 설명해 주었다. 현치도에 주어진 목재를 대고 펜으로 먹넣기를 해서 나무를 자르는 방법들을 알려 주었다. 공구를 사용할 때 주의할 점과 실기시험 현장에서 불합격될 수 있는 오작과 탈락의 주의점 등 여러 가지 자세한 실기시험 내용을 교육해 주었다.

교육이 끝나고 점심시간이 되었다. 30대 중반 정도 돼 보이는 동생과 함께 점심 식사를 했다. 식사가 나오기 전에 서로에 대해서 이야기를 나누었다. 어디에 사는지도 물어보고 시험에 대한 각오도 서로 이야기하며 맛있는 점심을 먹었다. 예전 같으면 나이가 선배인 내가 식대를 내고 나와야 했었지만 나보다 나이가 어린 동기는 먼저 "각자 계산하시죠."라고 했다. 식사가 끝나고 커피 한 잔을 마시면서 도란도란 이야기를 나누며 교육장으로 향했다.

다음 시간이 시작됐다. 선생님은 실기시험을 보려면 대패를 사용해야 된다고 했다. "대패를 사용하기 전에 대팻날을 갈아보겠습니다."라고 하시더니 간단하게 시범을 보여준다. 직접 대팻날을 갈아보았다. 무릎을 꿇고 대팻날을 갈기도 하고 앞날 뒷날을 갈다 보니 반나절이 지나갔다. 저녁에 집으로 와서 씻고 저녁 식사를 하려는데 온몸이 다 아팠다. 평상시 쓰지 않던 근육을 사용했기 때문이었다. 피아노 조율을 할 때도 기본 기술이 중요하듯이 목공 실기시험을 보려면 대패질은 필수적인 기본 기술에 속했다.

다음날도 목공 교육장에 일찍 도착했다. "목공은 대팻날과 끌을 잘 가는 것부터 시작합니다."라는 선생님의 말씀이 어떤 말인지 알 것 같았다. 대팻날을 잘 갈아 장착을 하고 다음 과정을 준비했다. 밖에서 선생님과 간단하게 담소를 나누고 다시 교실로 향했다. 수업이 시작됐다. 설계도인 현치도를 그린다고 했다. 실제 목공 재료로 나무 각도를 만들고 톱으로 자르기 직전에 실제 치수로 설계된 도면인 현치도를 그리는 작업이었다.

현치도를 그리는 작업 또한 힘들었다. 큰 종이를 펼쳐놓고 아주 큰 교수용 삼각자와 철자를 사용해서 샤프심으로 도면을 알려준 대로 그리기 시작했다. 일 번부터 순서대로 50번에 가까운 설계 라인을 그리면서 표시하고 번호를 매겨 갔다. 현치도 작성이 끝나고 많은 사람들은 와서 내 도면을 구경하기 시작했다. "이렇게 하면 되겠군요." 그런데 "어지럽지 않으세요?" 하는 거다. "번호대로 순서를 외워서 그리면 다 기억을 하게 돼요." 하며 미소를 지었다. 나는 뭔가를 할 때 순번을 정해서 그대로 기억하고, 그대로 재생해서 몇 번만 해보면 완전히 내 것으로 만드는 오랜 습관이 있다. 사람들은 각자의 습관대로 기록하고 외우며 그것을 수행한다. 순번을 매겨 그대로 매뉴얼처럼 사용하는 것은 나로서는 최상의 방법이다.

그렇게 현치도 작업이 완성되고 청소를 끝내고 집으로 돌아왔다. 집으로 돌아와서 다시 현치도 그리기를 복습하고 반복했다. 순번대로 종이를 펴고 그대로 그려나갔는데 역시나 예상대로 순서대로 그릴 수 있었다. 여러 번 더 그려보고 나니 숙지가 완료됐다. 현치도 그리기에 너무 집중했는지 끝나고 바로 잠이 들어 버렸다. 다음 날 아침 일찍 다시 서둘러 목공 교육장으로 향했다.

너무 빨리 출발한 탓인지 학원에는 몇 번째 안 되게 도착했다. 커피를 한 잔 마시고 교육장에서 나머지 학원생들을 기다렸다. 선생님은 그린 현치도에 제공된 목재를 놓고 실제로 먹넣기라는 방법으로 펜으로 목재에 표시를 하고 자르기 직전에 가공하는 방법을 설명해 주었다. 나무를 현치도 위에 올려놓고 그대로 표시하고 선을 긋는 먹넣기 작업을 해 나갔다. 너무도 신기했다. 미리 그린 도면과 목재 표시가 그대로 맞아떨어지는 것이다. 목공을 처음 배우는 나로서는 신기함 그 자체였다. 선생님은 또다시 실기시험에서 떨어질 수 있는 확률이 있는 포인트 네 가지를 말해 주었다. 빠르게 실기시험을 치를 수 있게 톱질은 어떻게 하고 현치도를 활용해서 어떻게 점을 찍고, 표시하고, 먹넣기를 하는지에 대해서 아주 자세하게 설명해 주었다.

매뉴얼 자체가 쉽지 않았다. 수강생들 대부분 머리가 좀 복잡해 보였다. 선생님은 그 순간에 말씀하셨다. "반복해서 연습하면 누구나 할 수 있기 때문에 실수만 하지 않으면 됩니다. 그러니까 너무 걱정하지 마시고 점심 식사하고 오세요." 하고 편하게 말씀을 해 주신다. 동기들과 함께 식당으로 향했다. 가면서 후배는 "현치도가 실제 나무 모양에 표시를 하고 딱딱 떨어지게 먹넣기를 해야 합니다." 하는 거다. 점심 식사를 마치고 학원으로 돌아와 실제 현치도에 지급된 목재를 올려놓고 먹넣기를 세밀하게 해나갔다. 하나씩 개념이 잡혔다.

실습을 충실히 끝내고 6주간의 시간이 흐르고 전체적인 국가공인 건축목공기능사 시험 준비는 마무리됐다. 목공 10기 반장이었던 나는, 수료식 날 수료증을 받고 헤어지기 전에 "단체 사진 한번 찍으시죠." 하고 말했다. 의자를 세팅하고 원장님과 목공 10기, 전체 수강생들은 나무로 만난 인연을 사진으로 남기며 전체적인 목공 학원의 교육은 마무리되었다.

학원 수료 후 며칠이 지나서 수원에 있는 후배가 알고 있는 기술 학원에서 몇 차례 더 연습을 할 수 있었다. 장소 사용료를 지불하고 다른 동기 선배 한 명과 순차적으로 연습을 할 수 있었다. 연습 첫날 혼자 연습을 하다가 마지막 단계인 창호 부분에 G부재 부분을 반대로 톱질을 하고 말았다. 자격증 시험에서 이런 실수를 했다면 오작으로 탈락할 수도 있는 상황이었다. 오작이 난 G부재 부분을 들고 한참을 쳐다보고 껄껄 웃었다. '이런 짓을 하면 큰일 나겠다.' 하는 생각이 들었다. 오작이 난 G부재를 공구통에 넣고서 몇 번을 들여다보면서 '절대로 실수를 하지 않겠다. 실수하지 않겠다. 실수하면 안 된다.'라고 스스로 마인드 컨트롤을 했다. 세 번의 개인적인 연습이 끝나고 시험 전날 시험장인 경남 김해로 향했다.

미리 잡아 놓은 숙소에서 간단하게 식사도 하고 가지고 간 큰 전지에 현치도를 그리기 시작했다. 여기서도 한 가지 실수가 나왔다. 또다시 전체를 머릿속에 그려 넣으면서 '절대 실수를 하면 안 된다. 오작하면 안 된다.'를 반복해서 마음속에 넣고 있었다. 현치도 작업이 끝나고 각 나무에 먹넣기를 하나씩 하나씩 하면서 특히 어려운 구간을 반복해서 연습하고 새벽 2시가 돼서야 잠이 들었다. 실기시험 날이 밝았다. 아침 식사를 간단하게 하고 함께 시험 치는 동기와 만나서 공구를 차에 신고 함께 시험장으로 향했다.

무거운 공구들을 카트에 신고서 밀고 끌고 해서 시험장으로 향했다. 시험장에는 키가 좀 작으시고 강한 인상의 감독관이 우리에게 "시험장에서는 감독관 말을 잘 들어야 됩니다." 하면서 큰 목소리로 기선제압(?)을 했다. 그렇긴 하다. 목공 실기시험에는 전기 대패와 전기톱, 자동대패 톱, 칼 등 위험요소가 여기저기에 있기 때문이다. 자칫 정신줄을 놓으면 큰 사고로 이어질 수 있는 시험이다.

감독관은 "점심시간을 갖고 시험을 보시겠어요, 그냥 빨리 끝내고 일찍 집에 가시겠어요?" 하신다. 순간 정적이 흘렀다. 나는 학원에서 알려 준 대로 "잠깐 20분이라도 쉬고 했으면 좋겠습니다."라고 했다. 감독관이 "점심을 싸 오셨나요?" 하고 물었다. "간식을 준비했습니다." 하면서 미리 준비한 빵과 커피, 그리고 에너지바, 사탕 등을 살짝 꺼내 보이며 의지를 다졌다. 그 순간 함께 시험을 보는 수검자들도 "네. 네. 20분 쉬고 하는 게 좋겠습니다."라며 자신들의 의견을 말했다. 전체적으로 쉬고 점심시간을 갖는 것으로 결론이 났다. 시험 시간이 되자 번호표를 배정받고 한 명 한 명 자기 자리로 갔다. 공구를 정리하고 주의사항을 감독관님께서 다시 얘기해 주셨다. 주의사항을 다 듣고 장장 5시간의 긴 실기시험이 시작됐다.

먼저 연습한 대로, 지급된 가로 90cm, 세로 90cm의 MDF에 현치도를 빠르게 그려나가기 시작했다. 어제 실수했던 부분까지 꼼꼼히 여러 번을 체크하고 40분 만에 완성할 수 있었다. 현치도를 완성하고 미리 대여해 갔던 자동대패를 뒤쪽 테이블에 놓고 나무를 미리(mm) 수대로 깎아내기 시작했다. 여러 명이 동시에 자동 일면 대패로, 아홉 개의 목재를 깎아내기 시작하자 실기시험장은 굉음으로 가득 찼다. 목적인 시험에만 신경 썼기 때문에 그렇게 크게 방해되지는 않았다.

목재를 갖다 놓고 시험 감독관에게 화장실에 다녀오겠다고 이야기했다. 화장실에 가면서 다시 목공기능사 실기시험 진행 순서를 한 번 더 생각했다. 화장실을 다녀오던 그 짧은 시간에도 "실수하면 안 된다. 오작하면 안 된다. 꼼꼼하게 체크해야 된다."라고 계속 되뇌었다. 실기시험장으로 다시 와서 MDF에 그린 현치도에 먹넣기를 하고 전체적인 목록대로 작업하기 시작했다. 실수하지 않기 위해 다시 하나씩 하나씩 재점검하면서 마무리했다. 차분히 먹넣기가 끝나고 창호 부분부터 시작해 연습할 때 실수했던 부분을 신경 쓰면서 패턴을 찾아가기 시작했다.

톱질이 중반 정도 지났을 무렵 어려운 부분이 시작되는 톱질 전에 휴식을 취했다. 전체적인 톱질이 끝나고 중간중간 구멍과 장부를 연결하는 끌 작업을 진행했다. 서로 구멍을 파고 끌 작업을 시작하면서 망치질을 시작했다. 시험장 전체가 망치 소리로 울려 대장간을 방불케 했다. 시험에만 집중하니 시간이 지날수록 집중도는 더 높아졌다

커피를 마셔 가면서 피곤함을 이겨내었다. 실기시험 시간은 마무리되는 5시간 가까이 치닫고 있었다. 전체 톱질을 마무리하고 구멍 파는 끌 작업을 끝낸 뒤 주변을 깔끔하게 청소했다. 남은 시간에 작품을 하나씩 확인했다. 드릴로 적절한 구멍을 파서 이중 드릴 비트로 못 머리 구멍을 만든 다음 원하는 사이즈의 못을 하나씩 박고 전체적으로 작품을 완성해 나갔다. 5시간 가까이 되는 전체 시험이 끝나고 현치도와 완성된 작품을 제출한 후, 공구를 챙겨 밖으로 나왔다.

먼저 시험을 끝낸 동기가 기다리고 있었다. "잘 보셨어요" 한다. 크게 오작은 없었고 지적 사항도 없었다고 얘기했다. 결과가 12월 24일 크리스마스 전날에 나오니 그때를 기대해 보자고 서로를 독려했다. 함께 간 동기를 김해 시외버스 터미널에 내려 주고 집으로 향했다. 올라오면서 피로감이 몰려와 고속도로 휴게소를 다섯 번이나 들렀다. 졸음을 참아가면서 간신히 집에 도착했다.

국가공인 건축목공기능사 시험을 준비하면서 6주 이상의 교육기

간과 연습기간이 걸렸다. 국가공인 건축목공기능사 시험은 지금까지 치렀던 그 어떤 시험보다도 육체나 정신적으로 힘들었고 어려웠다. 중간에 포기하지 않고 끝까지 성실하고 꼼꼼하게 시험까지 치러낸 나 자신이 대견스러웠다. 눈물이 핑 돌았다.

12월 24일 오전 9시. 합격자 발표일이다. 새벽부터 일어나서 글을 쓰면서 합격자 발표 시간인 9시를 기다리고 있었다. 아침식사를 하고 커피 한 잔을 마시고 큐넷에 접속했다. 홈페이지에 들어가니 합격자 발표라는 버튼이 보였다. 마음을 다지고 버튼을 눌렀다. 결과는 '합격'이었다! 너무 기뻐서 소리를 지르고 말았다. 50이 넘은 나이에 톱질을 하고 설계도면을 정교하게 그려냈다. 각도와 길이에 맞춰서 세밀한 톱질이 필요한 작업을 개인적인 연습을 통해서 하나하나 준비했던 보람이 있었다. 국가공인 건축목공기능사 실기시험에 도전하고 연습했던 지난 시간들이 머릿속으로 스쳐 지나갔다.

목공 기술을 가르쳐 주셨던 유광복 원장님께 연락을 드렸다. 수업 중이라서 직접 통화는 못 했고 문자로 감사함을 전했다. 목공 10기에서 함께 목공 교육을 받았던 동기들의 단톡방에는 '합격이에요.', '불합격이에요.' 하는 글들이 올라왔다. 합격과 불합격을 떠나서 그동안 열심히 노력하고 스스로 최선을 다한 모습들이 기억났다. 열심히 톱질을 하고 시끄러운 교육장 안에 전기, 자동 대패, 전동대패 소리, 끌과 망치가 부딪치는 소리, 마지막 조립하면서 못과 망치가 부딪치는 큰 소음 속에서 각자 집중해서 자신의 목공 기술을 연마했던 동기들 한 사람 한 사람이 다 기억이 났다. 당락을 떠나 열심히 한 동기들에게 박수를 보낸다.

누구나 자신이 목표한 것을 끝까지 포기하지만 않는다면, 그리고 중간에 그것들을 하나씩 점검하고 목표한 바를 실행해 나간다면 목표를 차근차근 이루어 나갈 수 있을 것이다. 나이는 숫자에 불과하다는 말이 있다. 나이를 먹었다고 도전하지 않는다면 그 삶은 멈춰진 삶이라 할 수 있다. 평생교육 시대에 무엇이든지 도전하길 바란다.

'대한민국 피아노 조율 수리 1호 대한명인'이 되다

피아노 조율사로 31년 활동하면서 자기계발을 위해서 부단히 노력해 왔다. 4개의 국가공인 자격증뿐만 아니라 민간자격증도 여러 개 취득했다. 그리고 평소에 꿈꿔왔던 피아노 조율과 교수의 꿈을 이뤘다. 지난 삶을 생각해 보면 그냥 멈춰 있었던 적은 없었던 것 같다. 새로운 목표와 꿈을 향해서 크든 작든 끊임없이 노력했다.

교수의 꿈을 이루고 피아노 조율사로 살면서 또 다른 삶의 목표를 꿈꾸게 되었다. 인터넷을 통해 '대한민국 대한명인' 선정에 대한 내용을 확인 했다. 홈페이지에 들어가서 필요한 서류는 무엇인지? 준비해야 될 것은 무엇인지? 하나하나 훑어보았다. 그 후 1년 반쯤의 시간이 지났다. 바쁜 일정들이 조금씩 지나가고, 전에 봤던 '대한민국 대한명인'에 도전하기 위해 다시 홈페이지를 방문하여 필요한 서류를 점검했다.

연락처를 메모하고 전화를 걸었다. 담당자가 서류접수 일정과 '대한민국 대한명인'에 대한 설명을 해 주었다. 자신의 경력증명서, 관련 자격증, 그리고 수상 경력, 본인의 활동 내역, 작업 사진 등 '대한민국 대한명인'으로서 갖추어야 될 여러 가지 덕목과 준비서류에 관해 자세하게 설명을 들었다. 일정과 준비서류를 체크하고 서서히 서류를 준비하기 시작했다.

기존에 취득했던 국가공인 4개의 자격증과 임원으로 임명됐던 임명장, 관련 사진, 전국 피아노 조율기능 경기대회에 감독위원, 진행 위원장을 했던 증빙서류들을 모아 꼼꼼하게 체크했다. 경력, 이력서와 함께 관련 서류들에 맞게 사진 파일도 준비했다. PPT가 10장, 20장... 조금씩 채워져 나갔다. 준비한 서류들은 110페이지에 달했다. '피아노의 발달과정과 피아노 조율에 관한 연구. 피아노 조율 테크닉을 중심으로' 석사 논문도 준비해서 첨부했다. PPT 준비가 끝나고 USB에 전체 파일을 담고, 인쇄를 해서 파일에 정리해서 꽂아 넣었다.

정해진 기간 내에 서류를 제출해야 해서 바로 우체국으로 향했다. 야무지게 서류를 다시 체크하고 박스 속에 서류를 정리해서 넣었다. 제일 위에 석사 논문을 올리고 테이핑을 했다. 테이핑을 끝내고 보내는 사람과 받는 사람의 주소를 쓰고 우편번호를 적어 놓고 접수를 끝냈다. 우체국 밖으로 나와 하늘을 한번 봤다. '대한민국 피아노 조율 수리 대한명인' 서류를 준비하면서 지난 31년을 되돌아볼 수 있는 계기가 됐다. 열심히 활동하면서 받았던 자격증, 임명장, 표창장, 감사패 등 31년 동안 피아노 조율사로서 활동했던 사진부터 포상 증빙 서류까지... 삶을 정리해 보는 시간이었다.

접수한 서류를 검토 후 통과되면 날짜를 정하고 피아노 조율 수리 공방에 실사를 나온다. 지나온 활동 내용이나 피아노 조율 수리하는 공간을 실사하고 피아노 조율사로서 31년간 활동했던 삶에 대해서 이야기를 나누는 자리를 갖는다. 서류가 통과됐다. 피아노 조율 수리 공방에 실사 날짜가 잡혔다. 공방을 깔끔하게 정리를 하고 현장 실사를 받을 준비를 했다.

'대한민국 피아노 조율 수리 대한명인'공방 실사가 있는 날. 선정위원들은 점심 식사를 하고 2시까지 방문하겠다는 통보를 해왔다. 드디어 공방 앞에 차가 도착했다. 선정위원 3분을 공방으로 안내했다. 테이블에 앉아서 음료수를 간단하게 마시고 피아노 조율사로 살아온 삶에 대해서 여러 가지 질의응답이 시작되었다.

피아노 조율을 배우게 된 계기, 피아노 조율사로 성장하면서 어려웠던 점, 피아노 조율 수리 현장에서 만났던 특별히 기억나는 연주회 연주자가 있는지 질문했다. 접수한 서류를 참고하여 꼼꼼하게 질문을 이어갔다. 면담은 순조롭게 진행됐다. 사진도 몇 컷 찍고 궁금한 점들을 질문했다. 면담이 끝나고 직접 피아노 조율 수리 과정을 실사했다. 마침 그랜드피아노 튜닝핀 수리를 하고 있는 중이었다. 그 모습을 보여드리고 피아노 조율하는 모습도 보여드렸다. 피아노 조율로 어떻게 음색을 바꾸는지 자세히 설명했다.

선정위원들은 나의 설명을 잘 듣고 이해했다. 피아노 조율수리에 대한 여러 가지 질문에도 성실하게 답변함으로써 공방 실사와 면담이 마무리되었다. 이제 남은 것은 '대한민국 피아노 조율수리 분야 대한명인'으로 선정 소식을 기다리는 일만 남았다. 하루하루가 길게 느껴졌다. 그동안 마무리해야 되는 일들을 하나씩 마무리하며 결과를 기다렸다. 시간이 지나 우체국에서 등기 우편물이 도착한다는 카톡을 받았다. 결과는 알 수가 없는 것이었지만 내심 기대를 하고 있었다. 등기 우편물 속에 꼭 '대한민국 피아노 조율수리 분야 대한명인으로 선정됐다'는 통지서가 들어 있기를 기대했다.

오토바이 소리가 들리고 잠시 후에 벨이 울렸다. 반갑게 문을 열었다. 등기우편 서류 봉투다! 사인을 하고 서류 봉투를 전달받았다. 조심스럽게 뜯어서 확인했다. '대한민국 피아노 조율 수리 분야 대한명인'으로 선정되었다는 선정 통지서였다! 추대식 날짜에 맞춰서 참석하라는 내용이 적혀 있다. 앞으로 피아노 조율 수리 분야 대한명인의 맥을 이을 이수자와 전수자를 추천하라는 내용도 적혀 있었다.

너무나도 기뻤다. 31년간 피아노 조율사로 살아온 삶을 모두 보상을 받은 듯이 마음속에 기쁨이 밀려왔다. 꿈꿨던 피아노 조율과 교수의 꿈을 이뤘고, 또다시 도전했던 '대한민국 피아노 조율 수리 분야 대한명인'으로 선정되는 큰 영광을 얻었다. 더 높은 꿈을 이룰 수 있다는 것에 감격했다. 지금까지 많은 기술을 전수해 준 조율사협회 선후배, 동료들과 아낌없이 자신의 기술을 나눠줬던 박성환 선생님, 하강 회장님께 감사를 전한다. 그리고 응원해 준 포르테 멤버들과 나의 가족, 31년간 함께 해온 음악인, 피아노 조율사들과 함께 나누고 싶다.

희망과 목표는 스스로 이루고자 하는 마음을 가지고 끊임없이 노력한다면 그것이 무엇이든지 언젠가는 이루어진다. 앞으로 한 발짝씩 자신의 꿈과 목표를 위해서 정진해 나가기만 하면 된다.

part3

못다 한 공부의 한을 풀어보자

고졸 인생

지금은 조금만 노력하면 대학을 들어갈 수 있다. 사이버대학교도 늘어나고 있다. 고등학교를 진학할 때만 해도 성적이 안 되면 대학 가기가 어려웠다. 여러 가지 사정으로 고등학교를 졸업하고 사회에서 피아노 조율사 일을 했지만 고졸인 나에게는 뒤를 돌아볼 겨를이 없었다. 2대 독자로 군대를 6개월로 마치고 운명처럼 알게 된 피아노 조율사로 사회생활에 첫발을 내딛게 됐다. 학교를 같이 졸업한 친구들은 대학교 4년을 마치고 2년 반 동안 군 생활을 하고 제대하기까지 6년 정도의 시간이 걸린다.

그 기간 동안 자격증도 취득하고 열심히 피아노 조율사로서 성장해야만 한다는 생각을 했다. 은행에서 일을 하는 친구도 있었다. 대학교를 들어가서 열심히 학교 다니는 친구들도 있었다. 내 주변에서는 나처럼 일찍 군대를 갔다 와서 사회생활을 빨리 시작하는 친구들은 거의 없었다. 나는 친구들 중에서 직장 생활을 하면서 가장 빨리 경제활동을 하는 경우에 속했다.

고졸인 나로서는 '국가공인'이라는 타이틀이 붙어있는 자격증에 끌렸다. 고등학교만 졸업한 나에게 국가공인 피아노조율기능사 자격증의 효용 가치는 나름의 자부심이었다. 정말 열심히 살아야 경쟁에서 뒤떨어지지 않을 것 같았다. 피아노 조율을 시작하고 당시 동양 최고의 악기 상가였던 종로 낙원상가에서 피아노 조율의 실제 기술들을 배웠다. 피아노 매장에 판매를 병행하며 기술과 영업적인 부분도 함께 해나가는 사회생활은 쉽지만은 않았다. 다행히 낙원상가 악기 매장에서 세심하게 잘 챙겨 주시는 사장님을 만나게 돼서 판매기술을 익히며 피아노 조율 기술 실력도 탄탄하게 쌓아갔다.

고등학교 때 좋아하는 것이 있었다. '음악'이었다. 시간이 될 때마다 지독하게 기타를 연습했다. '20년 동안 열심히 일하고 20년 후에는 내가 좋아하는 음악을 하며 살겠다.'라는 계획도 세웠다. 돈을 벌어야 했다. 영업과 판매기술을 배웠고 피아노 조율 기술도 자신감이 생겼기 때문에 나는 더 많은 수입을 올릴 수 있는 일을 하고 싶었다. 성남에 있는 삼익피아노 매장에서 열심히 직장 생활을 했다. 그러던 중에 나에게 기회가 생겼다. 경기도 용인 수지에 직접 운영하는 악기 매장을 낼 수 있게 된 것이다. 무섭게 일을 했다. 낮에는 영업을 하고 밤에는 피아노를 수리했다. 악기 판매를 하는 매장이었기 때문에 광고도 해야만 했다. 금요일 오후에는 현수막을 가지고 도로에 나가서 부착하고 일요일 오후에는 현수막을 수거해 오며 주말이 없는 생활을 했었다. 그렇게 열심히 일한 덕분에 억대 연봉 이상을 버는 악기 매장의 사장이 되었다.

운영하는 악기 매장에는 많은 사람들이 오고 갔다. 음악을 전공하고 학원을 운영하는 사람, 외국에서 유학하고 귀국해서 활동하는 연주자, 후학을 양성하는 교수 등 많은 사람들을 만났다. 그런 상황에서 피아노 조율 기술의 갈증을 느끼고 있었다. 또 공부를 했다. 피아노 조율 기술을 전수해 주실 분들을 찾아 나섰다. 2000년 중반 피아노의 본고장인 유럽에서 피아노 조율을 유학한 박성환 선생님을 통해서 유럽의 좋은 기술들을 전수받았다. 사단법인 한국피아노조율사협회 회장을 역임하신 하강 선생님께도 피아노 조정과 수리법 및 여러 실전 기술들을 전수받았다.

기술은 한 단계 더 업그레이드됐다. 만나는 사람들도 전문 연주인, 전공 학생들, 다양한 성향의 음악인들을 만났다. 많은 만남을 통해 기술에 대한 자부심이 높아졌다. 하지만, 내 마음에서는 무언지 모를 허전함을 느끼곤 했다. 왜일까? 기술도 업그레이드됐고 피아노 조율 일도 잘하고 있다. 매장을 하면서 수입도 많아졌는데 왜 마음은 허전할까 하는 생각을 하다가 어느 순간 '대학교를 가자!'라고 마음을 먹게 됐다. 시간은 계속 흘러가니 더 늦기 전에 도전해 보자. 이제껏 기술에 도전해서 연마해 왔던 경험을 살려서 대학교 조율도 그렇게 도전해 보자. 그 마음을 가지고 내가 갈 대학교를 찾아보기 시작했다.

나의 삶은 도전의 연속이었다. 이미 평생교육의 시대가 됐다. 지금은 멀티 페르소나 시대다. 본업을 가지고 다른 나로서의 삶을 사는 사람들이 많아졌다. 자신의 삶에 안주하여 삶이 멈춰 있다면 움직이고 도전해라. 살아 있는 자신을 만들고 삶의 탄력을 주도록 말이다.

나이 마흔에 대학교 신입생 되다

1990년 초에 서울예전에 실용음악과가 처음 생겼다. 그 학교에 정말 가고 싶었지만 희망 사항일 뿐이었다. 사실 빠른 군 생활을 마치고 시작하게 되었던 사회생활은 어머니께 했던 약속을 지키는 내 모습을 당당하게 보여주고 싶어서였다. 고등학교를 졸업하고 나서 어머니는 나에게 "집안에 아들 하나인데 대학교를 안 가믄 뭐 해먹고 살끼고?"라며 안타까워하셨다. 나는 당당하게 어머니께 말씀드렸다. "걱정하지 마세요. 열심히 살고 꼭 성공할 테니까요. 대학교 안 나와도 학력 차별 없는 직업을 선택해서 잘 살 테니까 걱정하지 마세요. 대학교는 20년 열심히 일하고 마흔 살쯤 돼서 가면 돼요."

라고 말이다. 지금 생각하면 무슨 배짱이었을까 싶지만, 운명처럼 다가왔던 피아노 조율사라는 직업은 어머니께 했던 약속을 지키기라도 하듯 나를 당당하게 만들었다. 어머니도 그렇게 아들이 대학에 가기를 원하셨는데 마흔 살의 나이에 대학을 간다고 했더니 눈물을 흘리며 기뻐하셨다.

마흔 살, 나 자신과 약속했던 대학교 생활이 시작됐다. 물론 나이가 있었고 피아노 조율사라는 직업이 있었다. 일을 하면서 학교를 다니는 상황에 대학생들의 생활 패턴으로 생활하기가 어려웠다. 피아노 조율 스케줄을 조정하고, 매장을 운영하면서 대학 생활에 지장이 없도록 내 삶의 모든 상황들을 재조정했다. 학교생활은 즐거웠고, 배운다는 것이 행복했다. 교수님들도 늦깎이 대학생에 대해 관심을 가져줬다. 모르는 것이 있으면 무조건 교수님께 여쭤봤다. 어떻게 해야 학교생활을 충실하게 할 수 있는지 질문하고 교수님과의 면담을 통해서 해답을 찾아갔다.

매장을 운영하고, 피아노 조율을 해서 학교를 다녀야 했다. 수업이 끝나고 나면, 같은 학년 동기들과 매점에 가서 커피도 마시고 간식도 먹었다. 수업에 대한 얘기와 개인적인 얘기들을 나눴다. 학생들은 나이가 있는 마흔 살 학생인 나를 '옹'이라고 불렀다. 할아버지는 아니었는데 말이다. 나쁘지는 않았다. 학생들은 나이가 있는 내가 대학교 1학년이 된 것에 대해서 신기해하면서 많은 질문들을 쏟아내기도 했다. 실용음악과 학생들이라서 그런지 자유분방하고 스스로 즐길 줄 알고 음악에 대한 애착과 열정도 컸다.

시험 때가 되면 시험이 익숙하지 않은 나에게 먼저 다가와서 시험 치는 요령도 알려 주었다. 시험 범위와 핵심 포인트를 물어보면 학생들은 잘 대답해 주고 도와주었다. 엠넷 〈슈퍼스타-K〉가 방송을 시작해서 엄청난 인기를 끌고 있었다. 〈슈퍼스타-K 시즌1〉에서 우리 학교 출신 학생이 우승을 했다. 그래서인지 학교에서는 학생들에게 가요제 출전을 적극 지원해 주기도 했었다. 그 바람에 다음 해에는 많은 학생들이 실용음악과에 지원해서 경쟁률이 25:1이 됐다.

열심히 공부했고 수업은 빠지지 않으려고 노력했다. 중간고사, 기말고사를 볼 때면 배웠던 내용에 대해서 다시 공부하고 시험에 임했다. 첫해 성적은 그렇게 좋지는 않았지만 나쁜 성적은 아니었다. 적응하는 데 의미를 두었다. 1학년 학교생활을 열심히 하면서 1년 뒤에, 학교의 피아노 조율을 하면서 학교를 다닐 수 있었다. 학교 피아노 조율을 맡아 일찍 가서 피아노를 점검하고 조율하는 것은 보람 있는 일이었다.

방학이 되면 피아노들의 성능을 향상시키기 위해서 전체적인 수리 작업을 했다. 같이 일하는 2명의 후배 피아노 조율사와 함께 적극적으로 학교 피아노를 조율, 수리하고 관리했다. 그렇게 2학년이 지나고 3학년이 될 즈음 "이제 대학원을 준비해야 되겠다."라는 생각이 들었다. 책을 보고, 공부하고, 학생들과 함께 하는 시간이 행복하고 좋았다. 사람은 누구나 자신이 하고 싶은 일을 해야 행복하다. 하기 싫은 것을 억지로 했다면 전공이 실용 음악이든 다른 전공이든 휴학이나 자퇴를 했을지도 모른다. 하지만 대학 생활은 무엇보다도 소중한 인생의 경험을 쌓는 곳이었다. 학교에 갈 때면 차창 밖에 비치는 풍광을 보며 사계절의 변화를 느낄 수 있었다. 대학 생활 4년은 나에게 많은 것을 알게 해줬고 좋은 추억들과 배움을 가져다줬다.

대학원을 준비하면서 학교 피아노 조율도 더욱더 신경 쓰고 있었다. 대학원을 졸업하고 피아노 조율과 교수가 되는 것이 꿈이었다. 하지만 주변 환경은 녹록하지 않았다. 국내에는 피아노 조율과가 단기과정으로 생겼다가 없어지기를 반복하고 있었다. 피아노 조율, 피아노 조율사에 대한 인식은 높았지만, 피아노는 점점 디지털화되면서 디지털 피아노 판매가 늘고 어쿠스틱 피아노 시장이 많이 위축되고 있었다. 이런 상황에서 앞으로 평생을 피아노 조율을 해야 되겠다고 생각했기 때문에 피아노 조율사로서 경쟁력을 갖추기 위해서는 대학원을 졸업할 때 피아노 조율로 논문을 쓰기로 결심했다.

나이 마흔 살에 09학번 실용음악 전공생이 됐다. 대학 생활 4년은 꿈을 이루는 터전이었고 삶의 활력소였다. 대학을 다니면서, 전공하는 학생들, 교수님들, 피아니스트, 성악, 바이올린, 첼로, 클라리넷, 트롬본 등을 연주하는 전문 음악인들과 인연을 쌓을 수 있었다. 대학에서 인연을 맺은 음악인들을 통해서 많은 고객들을 만났다. 공부도 하고, 피아노 조율 기술도 업그레이드하는 좋은 계기가 되었다.

대학을 가기 전에, 정통 유럽 피아노 조율을 다시 배우기 위해서 10년 넘게 피아노 조율을 했던 것을 어느 정도 정리하는 시간이 있었다. 피아노 조율의 본고장 유럽에서 피아노 조율을 유학하고 온 선생님에게 배우러 갈 때, 한 선배는 "미친 거 아니냐? 너도 피아노 조율산업기사고 가르치는 사람도 피아노조율산업기사인데 배울 게 뭐 있어서 가려고 하냐?" "다릅니다. 5년만 지나면 그 이유를 알게 됩니다." 하고 대답했었다.

나는 한 가지 일을 나 스스로 고민하고 결정하면 그 일을 끝까지 해내고야 만다. 물론 시작해서 내 판단이 잘못됐다고 생각하면 과감하게 정리할 때도 있다. 남은 인생에 대해서 리스크를 줄이는 나만의 방법이기도 하다. 선택을 할 때는 신중하게 여러 가지를 따져보고 결정을 하는 편이다. 대학 입학을 결정할 때도 '등록금은 어떻게 하지? 어떻게 4년을 다니지?' 고민을 많이 했었다. 결정하고 나서는 성실하게 학교생활을 했고, 그때 가르치셨던 교수님들과도 지금까지 좋은 인연을 유지하고 있다.

처음 입학해서 신입생 MT에서 학생들과 즐겁게 보냈던 것도 보람이었다. 1학년 첫 중간고사의 그 긴장감과 방학 때의 여유로움, 또 새로운 2학년이 시작돼서 설레던 기분으로 차를 운전하고 학교에 갔던 기억. 3학년이 돼서 '아. 이제 내년 졸업하면 대학원을 가야지.' 했었던 뜨거운 열정이 샘솟았다. 논문 준비로 정신없이 바빴던 3학년, 논문 캠프도 좋은 경험으로 남았다. 썼던 논문을 다시 수정하고 삭제하고 첨부하기를 반복하면서 교수님께 논문 지도를 받았었던 것도 좋은 경험이고 추억이다. 어쩌면 힘들었을 수도 있는 대학 4년의 시간은 나에게 삶의 탄탄한 주춧돌을 놓고 기둥을 세우는 시간들이었다.

사람은 누구나 인생에서 어떤 결정을 하느냐에 따라서 인생의 각도가 달라질 수 있다. 신중하게 생각하고 빠른 판단을 하는 나로서는 다행히도 4년이라는 시간을 멋지게 보낼 수 있었다. 그래서인지 시간은 금방 지나갔다. 아침에 해가 뜨는 것이 즐겁고 저녁에 감사하는 마음으로 잠자리에 들었다. 그렇게 내 인생에서 대학 생활 4년은 보람 있고 꿈같은 시절이었다.

어느 곳에서나 최선을 다하고 자신의 역할을 찾고, 그 분야에서 열심히 정진해야 한다. 그러다 보면 자신만의 입지도 생기게 된다. 하루아침에 모든 것을 이룰 수는 없다. 작은 것부터 하나씩 계획대로 목표를 이루고 우리의 삶의 현장이 의미 있는 일들로 채워지기를 바란다.

대학원까지 가 봅시다

2012년 드디어 대학교를 졸업했다. 4학년 졸업 전에 대학원을 준비했다. 졸업과 동시에 대학원 시험을 치고 대학원에 갈 수 있었다. 열심히 4년 대학 생활을 했었기 때문에 대학원 가는 것은 무리가 없었다. 대학원 첫 수업 날 교수님은 미리 우리를 교수님 연구실로 불렀다. 노크를 하고 교수님 연구실에 들어가서 인사를 하고 자리에 앉았다. 여학생 1명, 남학생 1명이 앉아 있었다. 동기인 학생들과 서로 인사를 나눴다. 교수님은 나이가 좀 어려 보이는 남학생에게 인사를 하라고 한다. "서로 인사하세요. '더 크로스'의 이시하라는 작곡가고 가수예요." 하신다. 그때까지만 해도 더 크로스의 이시하가 누구인지 몰랐다. 그는 더 크로스라는 유명한 듀엣 그룹의 리더이고 작곡가 겸 가수였다. 수업 분위기는 서로 화기애애했다. 교수님의 강의가 끝나고 쉬는 시간에 매점에서 이야기를 나눴다.

전문적으로 실용 음악 학원을 운영하는 선배도 있었다. 나처럼 실용음악과를 졸업하고 대학원으로 진학한 여학생도 있었다. 그 여학생은 기타리스트였다. 그때 그 여학생이 보여주었던 동영상 하나가 있다. 천재 기타리스트 '존 메이어'의 연주 동영상이었다. 존 메이어 기타는 알았지만 그의 영상을 많이 보지는 못했었다. 수업을 시작하기 전에 우리 대학원생들은 넓은 학교 강당에서 큰 스크린과

사운드 좋은 스피커로 존 메이어의 'gravity' 연주를 시청했다. 첫 소절에서 낭랑하고 고급스러운 펜더 일렉기타 소리와 잘생긴 그의 외모에 감탄했다. 기타리스트 소연이가 보여 준 '존 메이어'는 나에게 큰 충격과 함께 삶을 일깨워 주는 좋은 영상이었다. '대학원에 오니까 뭔가 다른데?' 하는 생각이 들었다.

여성 기타리스트는 참 멋있다. 일본의 음악 시장에서는 유명한 여성 기타리스트들이 엄청난 인기를 끌고 활동을 하고 있다. 우리나라에서는 걸 밴드라는 이름으로 무대에서 연주하고 노래하는 밴드들이 있기는 하지만 크게 활동을 하기가 어려운 상황이다. 기타리스트인 소연이는 전문적으로 록 음악을 하고 싶은데 본인이 하고 싶은 음악을 다 하지 못하는 것에 대해서 아쉬움을 많이 느끼는 듯했다.

나는 그 뒤로도 '존 메이어'의 다른 곡들도 많이 듣고 있다. 제2의 에릭 클랩튼이라고 부를 정도로, 젊지만 좋은 연주 실력과 잘생긴 외모로 많은 팬을 갖고 있다. 실용음악 학원을 운영하는 문영형님은 더 전문적인 공부를 하기 위해서 대학원에 진학했다고 했다. 지역 내에서 음악 활동도 하고 실용음악 학원을 운영하는 원장님이었다. 각각의 전문분야에 있는 사람들이 모인 대학원은 학부와 또 다른 신선한 느낌이 있었다. 서로 깊이 있는 음악에 대한 얘기를 나누고 정보를 교류하면서 우리는 한 단계 한 단계 대학원 생활에 적응하고 있었다.

대학원 생활이 시작된 첫 수업부터 교수님은 "여러분, 논문 쓸 준비를 해야 됩니다."라고 하셨다. 교수님은 논문 지도에 대해 안내해 주었다. 여러 개의 논문 제목과 본인이 쓰고 싶은 목차를 가지고 오라고 했다. 나는 "피아노 조율에 대해서 논문을 꼭 쓰고 싶습니다."라고 말씀드렸다. 학부 때 피아노 조율에 관한 논문을 간단히 썼기 때문에 대학원에서 좀 더 전문적인 논문으로 발전시키는 것은 그렇게 어렵지 않았었다.

교수님의 몇 차례의 논문 지도를 통해서 '피아노의 발달 과정과 피아노 조율에 대한 연구 : 피아노 조율 테크닉을 중심으로'라는 제목으로 석사 논문을 준비하기 시작했다. 국회도서관, 국립 중앙도서관, 규모가 있는 시립도서관, 대형서점 등 석사논문 자료를 얻기 위해서 많은 곳을 다녔다. 그중에서 여의도에 있는 국회도서관은 가장 많은 양의 논문들과 자료들을 볼 수 있었다. 일주일에 한두 번씩은 꼭 국회도서관을 들려서 피아노 조율에 관한 석사 논문을 준비하는 데 필요한 자료를 보고 모을 수 있었다. 피아노 조율에 관한 논문은 석사 논문 딱 한 개밖에 없었다.

많은 양의 논문을 참고하여 거기에서 힌트를 얻고 나름대로 정리 작업들을 해 나가야 했다. 피아노 조율 논문이 단 한 개밖에 없었기 때문에 피아노 조율 논문의 역사를 새로 써 내려간다는 생각으로 집필하리라 다짐했다. 피아노 구조와 피아노 발달사, 피아노 조율 테크닉, 아동기 피아노 교육이 중요한 이유에 관한 논문을 쓰고 싶었다. 1년 가까이 대학원 석사 논문을 준비하면서 피아노에 관한 많은 양의 자료들과 논문, 책들을 읽고 다시 정리할 수 있어 좋은 기회가 됐다.

각종 자료들을 정리한 다음, 논문의 목차를 정리하고, 참고문헌에 각주를 달아가면서 한 페이지 한 페이지 논문을 써 내려가기 시작했다. 대학원 수업을 제외한 나머지 시간들은 모두 논문 쓰는 데 집중했다. 대학원 수업 중에 학부 학생들의 실용음악 수업에서 학생들의 노래와 연주를 들어보고 평가하는 수업도 참관할 수 있었다. 향후 학생들을 가르치는 교수의 꿈을 가지고 있었던 나에게 좋은 경험이 되었다.

누구나 꿈은 있겠지만 그 꿈을 이루는 사람은 그리 많지 않다. 꿈을 이루고 성공한 삶으로 이끌어 가려면 자신의 주변에서 꿈을 이룰 소재들을 찾아야 한다. 멀리서 찾는 것보다는 자신의 주변에서 꿈을 이룰 상황들을 만들고 그것을 위해서 끊임없이 노력한다면 분명 꿈은 현실에 한 발짝 다가가 있을 것이다.

꿈꾸던
전임교수가 되다

나의 40대 가운데 2009년부터 2012년까지 4년의 삶은 대학 생활과 대학원 입학 공부로 보냈다. 늦은 나이에 공부를 시작했기에 젊은 대학생들과 함께 생활하는 것이 쉽지는 않았으나 역시 사람의 본성은 못 속이나 보다. 나의 강력한 진화력은 대학교를 다닐 때도 한몫했다. 함께 공부했던 〈슈퍼스타-K〉 출신 김지수, 이건율 두 친구는 나와 함께 대학 생활을 했던 학생들이다. 그렇게 4년의 대학교 생활을 마치고 1년 가까이 준비한 대학원을 입학할 수 있었다.

대학원 때 만났던 동기들과 교수님들과의 인연도 생겼다. 40대를 온통 대학교 공부와 대학원 공부로 온 힘을 쏟아 넣었다. 지금 생각해 봐도 '그때가 좋았다.'는 생각이 든다. 시험 때가 되면 스트레스도 많이 받고 힘든 부분도 있었지만 그런 과정을 하나하나 수행하면서 현재의 모습이 만들어졌다. 총 7년의 공부를 끝내고 대학원까지 졸업했다. 대학원 때 썼던 '피아노 발달과정과 피아노 조율에 관한 연구; 피아노 조율 테크닉을 중심으로' 석사 논문은 국회도서관에 남아 있고, 포털사이트에서도 검색되는 성과를 낳았다. 끈기와 노력으로 포기하지 않으면 자신이 원하고 꿈꿨던 것은 꼭 이루어진다는 것을 스스로 느끼고 깨달을 수 있었다.

대학원까지 졸업한 후에 피아노 조율 기술에 대한 지금까지의 나의 행보를 되돌아보았다. 조금 더 기술적인 부분을 탄탄히 하고 싶었다. 전문 음악인들 음악 단체, 대형 교회, 연주홀, 대학을 중심으로 피아노 조율 경력을 쌓아야겠다는 결심을 하게 됐다. 그때부터 적극적으로 좀 더 탄탄하게 피아노 조율을 했다. 학교 다니면서 인연이 닿은 교수님들과 연주인, 음악 전공생 등 다양한 분들의 피아노 조율을 의뢰받았다. KBS 아트홀, 대학교, 대형교회, 전문 연주홀도 조율할 수 있는 기회가 주어졌다.

지금도 대학교와 KBS 아트홀, 전문 연주홀, 꿈의 교회, 공감홀, 실용 음악학교에서 열심히 피아노 조율을 했다. 또한 유명 음악인들과 방송에 출연하는 분들과도 만날 기회가 생겼다. 그중에는 작곡가 김형석 선생님과 뮤지컬 감독 박칼린 선생님이 함께 운영하신 '한국예술원 케이노트 아카데미'에서도 전속으로 몇 년간 피아노 조율을 했다. 영화배우 박준규 선생님, 탤런트 김지영 씨, 가수 이상우 선생님의 보컬 트레이닝센터도 조율할 수 있었다. '동양의 파바로티' 조용갑 성악가의 피아노 조율 또한 맡고 있다.

대학원까지 졸업하고 나서 많은 삶의 변화가 있었다. 인생에서 이런 행복이 있을까 싶을 정도로 많은 유명한 분들이 피아노 조율로 함께 할 수 있는 기회를 주셨다. 대학교 4년 가까이 학교 피아노를 조율하면서 공부했기 때문에 등록금에 대한 부담도 크지 않았다. 많은 분들의 도움과 응원이 있었기 때문에 대학교와 대학원을 졸업할 수 있었다. 지금까지 항상 많은 분들의 도움에 감사하고 있다. 피아노 조율 논문을 남길 수 있었던 것도 정말 큰 축복이다. 이 모든 것들에 감사하며 대학원도 졸업하고, 연주홀, 대학교 등 원 없이 피아노 조율사로 활동하고 있다.

2019년 여름쯤 학교 강의 때 만났던 교수님께서 연락을 주셨다. "학교에 피아노 조율과를 만들려고 하는데 대학원 졸업하셨죠?" 하고 물어보신다. "네. 교수님. 대학원 졸업했습니다."라고 말씀드렸더니 "잘됐네요." 하시면서 필리핀에 있는 학교에 피아노 조율과를 만들려고 하는데 적임자를 찾던 중에 생각이 나서 연락을 했다고 하셨다. 순간 당황스러웠다. 대학교 피아노 조율과 학생들을 가르치는 교수의 꿈을 이룰 수 있는 절호의 기회이긴 했다. '하지만, 그 먼 곳까지 내가 어떻게 학생들을 가르치러 가지?' 하는 생각이 들었다. '필리핀의 날씨, 환경, 현재 내가 맡고 있는 조율 단체, KBS 아트홀, 대학교 등 지금 조율을 맡고 있는 많은 곳은 어떻게 하지?'라는 생각이 들었다.

교수님은 미팅을 한번 하자고 하셨다. 서초동에 있는 사무실에서 만나 뵙기로 하고 전화를 끊었다. 대학교수의 꿈을 이룰 수 있는 좋은 기회였지만 여러 가지 생각으로 혼란스러운 며칠을 보냈다. 교수님과 미팅을 하고서 생각을 바꿀 수 있었다. 강의 시간과 강의 일정 등 전체적인 스케줄을 최대한 나에게 부담이 가지 않도록 강사님들과 커리큘럼을 잘 짜서 진행하기로 했다. 그 말씀을 듣고 너무나도 기뻤다. 꿈이었던 피아노 조율과 교수의 꿈을 이룰 수 있겠다는 생각에 너무나도 기뻤다.

교수님과의 면담을 끝내고 사무실을 나왔다. 짧은 시간이었지만 너무나도 기쁜 나머지 발걸음이 가벼웠다. 며칠이 지나고 교수님은 나에게 "필리핀 학교에 사용할 피아노가 필요합니다. 그랜드와 업라이트 피아노를 좀 구해주세요." 하신다. 이제 내가 꿈꾸던 교수가 되려나 보다 생각을 하니 더 기뻤다. "네. 알겠습니다. 괜찮은 피아노로 구해 놓겠습니다." 확답을 했다. 가지고 있던 피아노와 나머지 모자란 피아노를 아는 지인의 공장에 가서 구하고 매장에 아껴뒀던 피아노와 합쳐서 필리핀으로 보낼 날짜를 잡고 한 대씩 탄탄하게 손보기 시작했다. 한 달 동안 여러 대의 피아노를 손보고 드디어 필리핀 대학교로 보낼 피아노를 우드 포장을 하기 위해 운송 회사로 향했다.

피아노 운반 팀 두 팀이 전체 피아노를 싣고 도착했다. 피아노는 나무로 된 박스로 한 대, 한 대, 피아노 전체를 감싸서 배로 이동하는데 부딪히거나 파손되지 않도록 최대한 주의를 기울여 포장 작업을 진행했다. 작업이 다 끝나고 한 달 후쯤 피아노가 출발한다는 얘기를 듣고 돌아왔다. 2019년 11월에 피아노를 필리핀 대학교로 보내고 가벼운 마음으로 교수 임용 날짜를 기다렸다. 겨울이 지나고 봄이 왔다.

그런데 이게 웬일인가? 피아노를 보내고 얼마 있지 않아 중국 우한에서부터 시작된 코로나19가 전 세계를 덮치기 시작했다. 2020년 봄, 드디어 우리나라에도 코로나 확산이 시작되었다. 마스크 사재기와 마스크 품귀현상이 일어나고, 해외로 나갈 수 있는 길이 막혀 버렸다. 대학교 피아노 조율과 교수의 꿈을 펼칠 수 있는 좋은 기회가 그렇게 아쉽게 지나가고 있었다. 피아노 조율과 전임교수를 제의하신 학교 부총장님을 찾아뵙고 면담을 했다. 코로나19 상황에서 해외로 나갈 수가 없기 때문에 당분간은 학교 일정이 진행되기 어려울 것 같다는 말씀을 하셨다. 최대한 노력을 해 보고 코로나19가 잦아들면 학교를 갈 수 있도록 하자고 말씀하셨다.

시간이 흘러 2020년 여름이 지나 교수 임명장을 받을 수 있었다. 임명장을 받는 순간 내 눈에서는 눈물이 흐르고 있었다. 7년간의 대학교와 대학원 공부를 끝내고, 계속 꿈꿔왔던 교수의 꿈이 아니었던가? 물론 당장 학생들과 대면 수업을 하고 가르칠 수는 없지만, 필리핀 최초의 피아노 조율과가 생기는 것이다. KBS '무엇이든 물어보세요'를 보고 운명적으로 피아노 조율을 만나 20년을 일하고 나이 마흔에 대학을 들어가 7년을 공부하고, 다시 8년을 기다려 드디어 피아노 조율과 교수가 되고자 했던 나는 꿈을 이룬 것이다!

글쓰기로 삶을 배우다

학창 시절 시 쓰기를 좋아했고 노래 가사 말을 쓰는 것을 좋아했다. 책을 많이 읽거나 문학을 좋아하는 청소년은 아니었지만 기타를 치면서 가사를 붙여서 노래하기를 좋아했다. 여러 가지 마음속에 있는 감정들을 시로 쓰는 것이 좋았다. 때로는 솔직한 내 마음을 짧은 글로 쓰기도 했다. 생각해 보면 그 시절 많은 책을 읽고, 조금 더 집안 환경이 좋았다면 더 빨리 글을 썼을 것이다.

나이 50이 넘어 피아노 조율과 교수가 되었지만 실기 위주의 피아노 조율은 코로나19 상황에서 직접적인 수업이 어려운 상태가 돼 버렸다. 덕분에 SNS상에서 다양한 교육에 참여하고 1인 기업 & CEO 과정도 수료하면서 활동하는 곳이 생겼다. 그중에 한 곳이 글쓰기를 하는 '쓰다클럽'이다.

어느 날 공지가 올라왔다. 글을 쓰기 시작하면서 많은 삶의 변화를 경험한 쓰다클럽 방장 본인과 함께 글쓰기를 할 회원들을 모집하고 있었다. 주저함 없이 바로 가입했다. 매일 간단한 글들을 짧게 쓰다클럽 단톡방에 올리고 일주일에 한 번 정도씩 주말에 긴 글을 자신의 블로그에 쓰는 것이 규칙이었다. 블로그에 쓴 글을 단톡방에 링크로 올려주면 여러 회원들이 함께 공유하는, 그야말로 글 쓰는 사람들이 모여 있는 클럽이었다. 글을 잘 쓰지 못 해도 상관없었다. 쓰다 보면 글을 잘 쓸 수 있게 된다고 했다. 그 이유는 쓰다클럽은 전문적인 작가 지망생이 모여 글을 쓰는 것이 아니라 평범한 사람들이 모여 자신 속에 있는 이야기를 끄집어내고 함께 들어주고 공감을 나누는 것이 목적인 모임이었기 때문이다. 말 그대로 사람의 정이 느껴지는 글쓰기 클럽이다.

쓰다클럽은 시즌 4까지 진행됐다. 시즌 1 때 짧은 15분 강의를 하게 됐다. 내가 살아온 삶에 대해서 쓴 글이 채택됐고, 방장은 나에게 글 쓴 내용을 바탕으로 강의를 해 달라고 한 것이다. 쓰다클럽 회원들을 온라인 줌(zoom)으로 만나 강의를 하게 됐다. 나의 어린 시절과 지금까지의 삶에 대해서 간략하게 쓴 글을 읽다가 그만 복받치는 감정이 올라와서 잠시 정적이 흘렀다. 청소년기에 아버지와 겪었던 여러 가지 일들과 먼저 가족의 곁을 떠난 동생이 순간적으로 생각이 났기 때문이다.

그렇게 한참 동안 먹먹한 마음을 추스르고 다시 연결해서 읽기 시작했다. 분위기가 숙연해졌고 많은 사람들이 함께 눈물을 흘렸다. 15분 강의가 끝나고 채팅창에 질문들이 하나씩 하나씩 올라왔다. 지난 시간에 대한 질문이었다. 현재 감정이 어떤지에 대해서도 질문을 했다. "네, 저도 제가 이렇게 울컥할 거라는 걸 생각을 못 했습니다. 그냥 쓴 글을 읽으면 될 줄 알았는데 순간적으로 어린 시절이 떠올라서 마음이 너무 아파 눈물이 났던 것 같아요."라고 대답을 했다. 글쓰기는 이렇게 나에게 자신을 표현하는 도구로도 사용이 되었다.

나의 글쓰기 선생님은 이런 말씀을 하셨다. "자신이 아무리 아픈 일이 있어도 글로 다섯 번만 써서 어디에선가 얘기로 쏟아내면 치유가 일어납니다." 나 또한 뭔가 시원함을 느꼈다. 50대의 나이에 여러 사람들 앞에서 눈물을 왈칵 쏟고 먹먹해지는 모습을 보였지만 그게 나의 진실된 모습이었기 때문이다. 인터뷰가 끝나고 다시 한번 편안한 마음이 느껴졌다. 글로 나 자신의 지난 상처와 아픈 마음들을 내어놓고 사람들과 나누며 위로를 받았기 때문이라고 생각한다.

한 주에 두 명씩 15분 강연을 하게 됐다. 이후 강연자들은 첫 강연자였던 내가 글로 써서 사람들에게 얘기했던 것처럼 그런 자신의 이야기들을 쏟아내기 시작했다. 강연자들의 얘기를 들을 때마다 "첫 번째로 내가 그렇게 쏟아내기 잘했다."라는 생각이 들었다. '이것이 바로 글의 힘인가 보다.'하는 생각이 들었다. 자신의 아픈 마음과 치유 받고 싶은 일들을 꺼내어 얘기하기는 쉬운 일이 아니다. 그런데 글을 통해서는 가능하다는 것을 알게 되었다. 인생을 몇십년 살다 보면 상처나 가슴 아픈 일이 없는 사람은 없다. 우리는 가족도 모르는 아픔들을 가지고 살아갈 때도 있다.

글쓰기 클럽에서는 회원들의 가슴 절절한 얘기들을 글로 풀어내게 하고 서로의 강연을 통해 공감하고 위로해 주었다. 아픈 마음을 가지고 있는 사람들이 '글로 자신의 마음을 내어놓았을 때 그 마음을 쓰다듬는 곳'이어서 '쓰다클럽'인가 보다. 글로 조금씩 짧게 나 자신을 표현하며 글쓰기 실력을 늘려갔다. 일주일에 한 번씩 긴 글로 자기 삶의 스토리를 적어 내려가기도 한다. 이런 과정에서 글을 쓰는 능력과 표현력이 좋아졌다.

글쓰기 모임을 통해 인터넷 신문에 칼럼니스트가 됐다. 방장은 먼저 칼럼을 기고하고 있었고 그가 추천을 해줬다. '30년 피아노 조율사, 인생 조율사 되다'라는 제목으로 첫 번째 칼럼을 기고했다. 국가공인 건축목공기능사 도전기도 칼럼에 싣게 되었다. 칼럼니스트가 된 것이다. 이 모든 것이 다 글쓰기 클럽에서 함께 했기 때문에 가능한 일이었다. 글 쓰는 것은 꼭 국문학과를 나와야만 가능한 일은 아니었다. 요즘은 전자책을 출판하는 경우도 많고 웹상에서 본인의 블로그에 서점을 만들어서 전자책을 판매하는 경우도 있다. 주변에 자기 나름대로 책 쓰기를 하는 사람들이 많이 늘어나고 있다. 내가 쓴 글들이 모이면 책이 된다. 글을 쓴다는 것은 참 즐거운 일이다. 나 자신이 생각하는 것들을 적어나가는 일이기 때문에 글쓰기는 나에게 큰 의미가 있다.

매주 '자이언트 북클럽'에서는 문장 수업이 있다. 매주 목요일, 그 수업을 들을 때마다 '이렇게 글을 쓸 수 있구나! 이렇게 문장을 정리할 수 있구나! 이렇게 글을 쓰면 좀 더 쉽고 잘 쓸 수 있구나!'라고 느끼며 배우고 있다. 어려운 필체로 글을 쓰는 건 아니지만 소소하게 자신의 생각과 살아가는 에피소드에 감사를 녹여내는 글쓰기. 쉽게 말하면 삶의 일부를 글이라는 매개체로 표현해 내는 것이다. 자신 속에 있는 것들을 글을 쓰며 편하게 내어놓다 보면 여러 가지 힘겨웠던 일들도 치유를 받게 되는 것 같다. 어떤 목표에 대한 긍정적인 성장과 목표의 완성이 일어나는 경험도 한다. 글쓰기는 그야말로 치유와 성장을 가져다준다. 인간만이 가지는 가장 큰 특권이 아닌가 생각해 본다.

이 책을 읽는 분들도 짧은 글, 일기 형식이라도 꼭 매일 글을 써 볼 것을 권한다. 자신 주변에 있는 일상을 적어도 되고 자신 속에 있는 속내를 짧게 써도 된다. 때로는 긴 글로 써 보는 것도 좋은 방법이다. 요즘은 블로그나 인스타그램, 페이스북 등 다양한 SNS 채널로 자신을 표현하는 사람들을 만난다.

글쓰기에 대한 다양한 책들도 서점에 많이 나와 있다. 조금 더 글을 잘 쓰고 싶다면 책을 통해서 방법을 배워가며 써보면 된다. 글쓰기를 할 수 있는 동호회나 글쓰기를 배울 수 있는 오픈 채팅방과 사이트에 접속해 보면 도움받을 곳이 많다. 자이언트 북클럽 글쓰기 무료 특강도 추천한다. 무엇보다 지금 당장 가벼운 글이라도 써보기 바란다. 자기 삶의 경험을 글을 통해서 표현하고 그 속에서 행복감과 성취감을 느끼게 될 것이다.

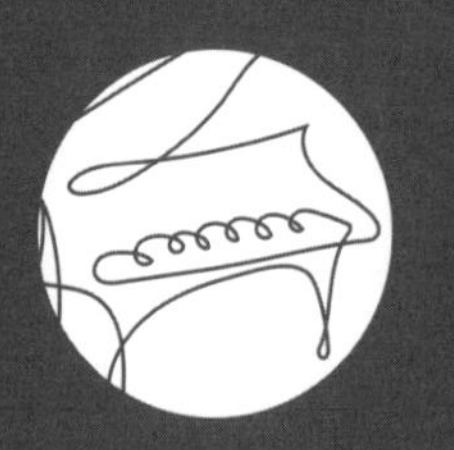

part4

어깨가 한없이 무거운 당신에게

스스로 자신을 챙겨봅시다

담배를 끊은 지 10년이 넘어간다. 담배를 끊기 전, 담배를 바지 주머니에 넣어 둔지 모르고 세탁기에 넣었다가 주머니 속에서 가루가 되어 구겨지고 부러진 담배를 꺼내야 하는 것은 아내의 몫이었다. 담배 냄새를 싫어하는 아내는 눈살을 찌푸렸다.

어느 날 MBC 다큐멘터리를 보게 됐다. 그 장면은 지금도 잊을 수가 없다. 애니메이션이었다. 갓 태어난 예쁜 아기에게 아빠가 뽀뽀를 한 후 담배를 피우기 위해서 담배를 들고 베란다로 나갔다. 아빠는 거실문을 닫고 베란다의 바깥 창문을 열고 담배를 피웠다. 그다음 장면이 충격적이었다. 아빠가 내뿜는 담배 연기가 악마처럼 베란다 이중 창문 틈새를 파고 들어가 거실을 휩쓸고 예쁜 아기가 누워있는 방으로 스며들었다. 결국 아기의 코와 입속으로 악마 같은 연기가 들어가는 것이었다. 그 장면은 나에게 엄청난 충격으로 다가왔다.

내가 피우는 담배로 여러 가지 피해를 줄 수 있다는 생각이 들었다. 가지고 있던 담배를 반으로 부러트려 버리고 쓰레기통에 던져버렸다. 그때 이후로 지금까지 10년이 지난 시간 동안 한 번도 담배에 손대지 않았다. 사람들은 누구나 자신을 잘 챙기고 행복한 모습으로 살기를 바란다.

나는 어느 때 행복한지 생각해 본 적이 있다. 첫 번째는 아내가 웃을 때가 가장 행복하다. 아들, 딸과 함께 행복하게 저녁을 먹을 때가 가장 행복하다. 또한 부모님께서 내가 이루어낸 성과나 결과를 보고 기뻐하실 때도 행복하다. 하지만 그 행복을 지켜내는 데는 자신만의 노력과 특별한 행동들이 필요할 때가 있다.

아내는 얼마 전 세상을 떠난 이건희 전 회장의 기사 내용을 가지고 크리에이터 케이라는, KT에서 진행하는 유튜브 크레이터 과정을 수료한 후에 동영상 하나를 만들었다. 사람과 너무나도 비슷한 목소리의 AI가 내레이션을 하는 동영상이다. 이건희 전 회장의 편지가 아니라는 이야기도 있지만 마음에 와닿는 글귀라서 소개해 본다. "여러분, 건강은 건강할 때 지키세요. 내가 돈을 많이 벌어 보고 돈이 많지만 죽을 때 가져가는 건 아닌 것 같습니다. 일 년에 한 번이라도 정기적으로 건강검진을 받고 스스로 건강을 챙기세요." 아내는 '이건희 전 회장의 마지막 편지'라는 제목으로 동영상을 만들었다. 세계적인 글로벌 기업을 운영했던 이건희 전 회장. 그분이 남긴 유언처럼 건강이 1번이라고 생각한다.

나는 지리산 줄기에 있는 경남 함양에서 태어났다. 오래 들어가서 살면 세상의 이치를 안다는 지리산 첩첩산중이다. 건강한 동네에서 태어나 건강한 음식을 먹고 어린 시절을 보내서인지 나는 지금까지도 건강한 것 같다. 건강한 신체가 있었기 때문에 체력을 요구하는 국가공인 목공기능사 실기시험도 합격할 수 있었다. 내가 다녔던 가송 인테리어 목공학원, 유광복 원장님 또한 충남 청양 출신으로 "목수는 건강이 정년이다."라며 건강을 1번으로 꼽으신다. 이건희 전 회장님의 말씀처럼 자기 스스로 관리하고 체크하면서 건강을 잘 지켜내야 한다.

내가 태어난 해인 1970년은 지금처럼 먹을 것이 넉넉하지는 않았다. 물론 열심히 일하신 부모님을 만났기에 배를 굶아본 적은 없었다. 요즘은 너무 많은 음식을 섭취해서 생기는 병들이 너무도 많다고 한다. 살면서 건강을 잘 챙기는 것. 그것이 자신을 잘 챙기는 첫 번째라는 사실은 아무리 강조해도 부족하다.

자신을 잘 챙기는 두 번째는 자기 자신을 잘 알고 활동하는 것이라고 말하고 싶다. 얼마 전 1인 기업 & CEO 과정 교육 중에 김형환 교수님은 이렇게 말했다. "제가 고등학생들을 교육할 때 항상 하는 얘기입니다."라고 하시면서 말씀하셨다. "너희 자신을 모르고는 아무것도 하지 마라." 정말 좋은 말이다. 자기 자신의 능력을 알지 못

하고 수준 이상의 행동을 했을 때 과부하가 걸릴 수 있다. 자기 자신의 능력을 넘어선 일을 했을 때 능력을 확실하게 발휘하기가 어렵다. 그래서 자기 자신을 확실히 알고 점검해 볼 필요가 있다. 자신의 능력을 잘 파악하고 행동한다면 그 어떤 목표도 성공에 가깝게 다가갈 수 있을 것이다.

자신의 삶을 성장과 성공으로 이끌고 싶다면 열정을 다해야 한다. 비록 결과가 좋지 않더라도 열정을 다 쏟았다면 후회는 크게 남지 않을 것이다. 후회할 시간 없이 아마도 새로운 도전을 할지도 모른다. 그런 사람은 또 다른 열정을 불태울 것이기 때문이다. 나 역시 그랬다. 암울하고 힘든 청소년기를 보냈고, 운명적으로 피아노 조율이라는 직업을 만났다. 열심히 일하며 자격증을 취득했다. 유럽에서 유학하고 온 선생님을 찾아가 유럽식 피아노 조율 기술을 전수받았다. 40대가 돼서 나 자신과의 약속을 지키기 위해 대학교에 입학했다. 대학교 대학원 졸업까지 7년을 투자했고 또 교수의 꿈을 실현하기 위해서 8년간 열심히 나 자신을 업그레이드하고 열정을 다해 노력했다. 그 결과 나의 꿈은 이루어졌다.

항상 앞으로 나아갔다. 물러서지 않았다. 잠시 주춤할 때도 있었지만 나 자신의 발전을 위해 움직였다. 자기계발은 무엇보다 중요했다. 독서를 했다. 독서는 가장 쉬운 자기계발의 시작이다. 책을 많이 읽고 싶었다. 다독을 하다가 책 읽는 시간을 줄이고 싶어 한 권을 빠르게 읽고 핵심을 파악할 수 있는 방법을 찾고 싶었다. 찾아야 했다. 세상에 존재하는 책들을 내가 이 세상에서 눈을 감을 때까지 다 보지는 못하겠지만 보고 싶은 책을 더 많이 읽고 알고자 하는 것과 삶의 지혜를 얻고 싶었다. 독서법에 관련된 책을 도서관에서 검색해서 전부 읽었다. 책 속에 답이 있었다. 그렇게 찾으며 갖고 싶었던 나만의 독서 스킬이 생겼다. 독서법도 전문적으로 배웠다. 책 한 권을 보는데 소요되는 시간은 3분~5분 정도다. 만족하는 독서 능력을 갖게 됐다. 보고 싶은 책을 옆에 쌓아두고 독서를 한다. 한 권의 책을 빠르게 읽게 되니 그 책을 여러 번 복습할 수 있었다. 머리에서 핵심 파악이 빨리 되고 쉽게 잊어버리지 않게 되었다.

열정이란 단어의 사전적인 의미는 '어떤 일에 열렬한 애정을 가지고 열중하는 마음'이라고 되어 있다. 삶에서 우리가 목표한 대로 이루며 살아가는 것이 쉽다고는 말할 수 없지만, 열정을 가지고 집중해서 행동한다면 목표들은 충분히 이룰 수 있는 것이다.

살면서 누구나 힘겹고 어려운 상황들은 올 수 있다. 그 상황을 헤쳐나가기 위해서는 자신을 잘 챙기고 자신을 사랑할 수 있는 가장 기본적인 마음을 가져야 한다. '왜 이럴까? 왜 이렇게 생겼을까? 왜 어떤 것을 해도 잘 안될까?'하는 부정적인 마음은 지워버리자. 세상의 모든 사람들은 태어날 때 적어도 한 가지 이상의 능력은 가지고 태어난다고 한다. 그 말을 전적으로 믿는다. 각자에게 수많은 능력들이 있고 그것을 꽃피우기 위해서 열심히 노력하며 열정을 불사르는 시간들과 세월이 있었다. 정말 삶이 힘겨운 누군가가 있다면 열정을 다해서 자신이 생각하고 있는 것에 도전해 보자.

건강을 잘 챙기는 것, 자신을 잘 알고 활동하는 것, 열정을 다하는 것. 이 세 가지를 잘 실행한다면 힘든 일은 거의 없을 수 있다. 하지만 삶에서 힘겨움을 만날 수 있다. 습관 코치인 박현근 코치는 이렇게 말을 한다. "나는 많은 교육과 세미나와 강의를 통해서 만들어졌다"라고 자신 있게 얘기한다.

자신의 노력은 누구도 빼앗을 수 없는 것이다. 어려움을 앞에 두고 포기한다면 이룰 수 있는 것은 없다. 무슨 일이든지 자신에게 질문을 던지고 그 물음에 하나씩 답을 찾아가다 보면 해답은 자신 속에 있는 경우가 많다. 많은 경험들을 통해서 삶을 헤쳐나가는 돌파력도 생기게 된다.

작은 성공은 큰 성공을 만듭니다

스티븐 기즈의 〈습관의 재발견〉이라는 책에 이런 내용이 나온다. "몸짱이 되고 싶다면 팔굽혀펴기 1개부터 시작하세요." 참 단순한 이야기다. 우리는 연초에 세운 계획들을 실행하다 보면 작심삼

일이 되는 경우가 많다. 마쓰다 미쓰히로의 '청소력'에서는 '작심삼일도 일곱 번이면 인생이 바뀐다.'라고 한다.

작심삼일이 되더라도 무언가 시작하라는 말이다. 시작이나 하고 말하라는 것이다. 일단 작은 것 하나를 시작하면 그것이 매일 자신의 루틴이 된다. 아주 작은 습관이 성장을 반복해서 자신이 목표하는 성공을 이룰 수 있다는 말이다. 매일 같은 습관을 반복하면 자신의 목표를 이루게 되고, 성공할 수 있는 패턴을 만들게 된다.

자신의 삶을 성공적으로 살아내기 위한 건강을 잘 지키기 위해서는 자신의 몸에 맞는 음식 섭취도 중요하다. 의학의 아버지 히포크라테스는 '음식으로 고칠 수 없는 병은 약으로도 고칠 수 없다'라는 말을 했다. 몸에 잘 맞는 음식을 섭취하는 작은 습관 하나가 지금의 건강한 나의 모습을 만들어 주기도 했다. 작은 습관 하나가 인생의 큰 변화를 줄 수 있는 계기가 될 수 있다는 말이다. 하루는 86,400초다. 86,400초를 짧은 시간이라고 말할 수 있을까? 하루는 긴 시간이기도 하다. 그 시간 동안 나에게 작은 습관 하나가 있다면 매일 실행해 보는 거다. 그중 하나가 매일 독서 루틴을 실행하는 것이다. 한 달 동안 내가 읽은 책이 600권을 넘어가고 있다.

1분 30초에서 5분 만에 책 1권 독서가 가능한 것은 1080CR독서법 스킬 덕분이다. 예전에는 일주일에 많이 읽어야 1~2권 정도 봤지만, 지금은 하루에 10권. 20권...30권 필요해서 집중을 한다면 더 많은 책을 읽을 수 있게 되었다. 책을 구입하는 돈은 투자이다. 가장 적은 투자로 엄청난 이익을 볼 수 있다. 요즘은 인터넷 서점뿐만 아니라 개인 간 거래로도 책을 구입한다. 책장이 하나씩 늘어간다.

사람이 책을 만들고 책은 사람을 만든다는 말처럼 나를 만들어 가는 것은 책 읽기다. 독자들도 책읽기를 해보길 바란다. 당장 책을 읽기가 힘들다면 가까이에 있는 책의 표지라도 바라보자. 손에 책을 들어보자. 한 장씩이라도 매일 읽으며 페이지 수를 늘려 가보자. 어느새 책 속에서 무언가가 보이기 시작하는 것이 느껴질 때 새로운 유레카가 시작될 것이다. 하나씩 시작하는 거다. 첫째 날, 책을 그냥 바라본다. 둘째 날, 책을 손에 든다. 셋째 날 책 한 페이지를 읽는다. 넷째 날 두 번째 페이지를 읽는다. 이렇게 아주 가볍게 제일 쉬운 것부터 시작해 보는 거다.

한 권의 책을 읽기도 힘들었던 때가 있었다. 피아노 조율사로 31년을 일하며 지구 30바퀴만큼의 거리를 출장 다녔다. 고속도로를 이용하는 일이 많았다. 출장을 다니다 보면 고속도로 휴게소에서 식사도 하고 커피도 한잔 마신다. 그리고 제일 좋아하는 취미의 독서 시간을 갖는다. 휴게소에는 편의점이나 식당 입구 한쪽에 놓인 책장이 있다. 식사를 하러 가면서 책이 꽂힌 책장을 둘러본다. 식사를 하고 손에 커피를 들고 나오면서 보고 갔던 책을 꺼내어 휘리릭 읽는다. 몇 권의 책을 보고 마음에 드는 책이 있다면 한두 권의 책을 사서 자리에 앉아 읽고 온다. 물론 예전에는 두께가 두꺼운 책은 읽기가 어려웠다. 지금은 두께는 상관이 없다. 또 분야도 다양하게 본다. 독서법, 인문학, 마케팅, 경영, 영업, 글쓰기, 심리, 코칭, 자기 계발 등에 관한 책들을 모두 본다. 여러 분야의 책을 읽다 보니 세상의 지식은 연결이 되어있다는 것을 알게 되었다. 어느 한 분야에 관심이 있더라도 다양하게 책을 보게 되면 관심 분야의 지식이 더 확장되는 것을 느낀다.

시간은 실제로 '모든 인간이 절대 잃어서는 안 되는 유일한 자본이다.'라고 토머스 에디슨은 얘기했다. 하루 86,400초, 이 시간 동안 우리는 과연 어떤 것을 생각하고 어떤 행동을 할 것인가? 새벽 운동을 하면서 건강을 챙기는 것. 잠에서 깨어났을 때 간단하게 3분 명상을 하는 것. 식사를 정해진 시간에 하는 것 등 자기 발전을 위해서 자신의 루틴을 정해보자. 그리고 꼭 하루 30분 정도는 시간을 독서에 할애해 보자. 하루 30분 독서가 한 달이 되고, 1년이 되고, 시간에 따른 습관이 축적되면 스스로 기적을 만난 성공한 사람들의 대열에 함께하는 기회를 만들어 낼 수도 있다.

독서뿐만이 아니라 자신이 하고자 하는 것이 있다면 그것을 생각하는 것부터 시작해 무엇을 해야 그것을 해낼 수 있는지 하나씩 쪼개어 실천하는 습관을 들여보라. 5분, 1시간이 쌓이고 10시간, 24시간이 쌓이면 하루가 되고 일주일이 되고 1년이 된다. 미리 이루어진 모습을 상상해 보자. 1년, 3년, 5년 후에는 엄청나게 발전한 자신의 모습을 발견하게 될 것이다. 책을 읽고 싶은데 독서하는 습관이 되어 있지 않은 사람이 책의 한 챕터를 보게 된다면 억지로 입을 벌리고 쓴 약을 집어넣는 것과 같을 것이다. 그만큼 쉽지 않은 일이다. 하지만 의지를 가져보자. 아주 쉽게 작은 것부터 시작해서 성공을 이룰 수 있는 방법이 있다. 가장 쉬운 것부터 시작해보자. "책을 쳐다본다." 이것부터 실행해 보자.

쉽게 생각하고 쉽게 하는 일은 쉽게 끝날 수 있다. 그렇게 자신이 정한 목표가 있다면 아주 잘게 쪼개서 가장 단순하고 쉬운 것부터 시작해라. 천천히 단계를 높여 자신이 목표한 것을 이루면 된다. 결과도 중요하지만 무엇보다 목표로 향해 가는 길에서 하나씩의 경험이 쌓이는 것이 후에 강한 힘을 발휘하게 된다.

피아노 조율을 가르칠 때 제일 처음에 바로 피아노 조율부터 가르치지 않는다. 먼저 완성된 피아노를 구성하고 있는 부속 명칭을 하나씩 외우게 한다. 부속 명칭이 입에서 익숙하게 나오면 일단 피아노 부속을 만지는 것에 대한 부담감이 없어진다. 피아노 조율을 배울 준비가 된 것이다. 그때부터 가르치기 시작한다. 제일 처음에 한 음을 맞추게 하고 3개 음을 하나로 맞추는 동음 조율부터 가르친다. 단순하고 쉬운 것부터 시작한다. 그것이 쌓여서 어느 순간 자신도 모르게 단계가 올라가 있는 것을 알게 되면 성취감이 생긴다. 한 음부터 시작한 조율은 시간이 지나면서 전체를 조율할 수 있는 기술을 배우게 된다.

세상의 다른 일들도 아주 작은 하나에서부터 시작해서 이루어지는 것이다. 결국 100을 이루기 위해서는 1부터 시작해서 99까지 가야 다음으로 100이 이루어지는 것이다. 심리학 박사 이민규 교수는 그의 저서 〈변화의 시작 하루 1%〉에서 "모든 성공에는 작은 시작이 있다. 하루 15분으로 10년 후를 바꾼다."라는 말을 했다. 하루 1%인 15분으로 들인 습관이 모여서 자신이 하고자 하는 목표를 이루는 습관이 된다는 이야기다.

아리스토텔레스는 "우리가 반복적으로 하는 행동이 바로 우리가 누구인지 말해준다. 중요한 것은 행위가 아니라 습관이다."라고 말했다. 반복적으로 하는 행동이 우리가 누구인지를 말해준다는 말은 반복적으로 봉사를 했다면 봉사하는 사람이 되고 남에게 반복적으로 칭찬하는 사람이면 칭찬을 잘하는 사람이 된다. 반복적으로 책을 읽는 사람이라면 독서를 하는 사람이란 얘기다. 자신을 되돌아보고 어떤 것을 반복해서 하는지 생각해 보기 바란다. 자기 자신이 어떤 사람이라는 것을 알게 될 것이다. 일주일, 한 달을 종합해 보면 피아노 조율을 가장 많이 한다면 피아노 조율사인 것이다. 요즘은 가장 많은 시간을 독서하는데 할애하다 보니 조율하는 시간보다 비중이 크다. 그렇다면 독서를 하는 사람이고 독서기술을 가르치는 사람이 될 수 있다는 얘기다. 나는 요즘 1시간 안에 2권에서 3권 책 읽기 1080CR(Crazy Reading) 독서법을 사람들에게 가르치고 있다.

자신이 하루 중 가장 많이 하는 행동, 그것이 자신을 평가한다는 말에 동감한다. 습관적으로 하는 행동이 자신을 만들어낸다는 얘기다. 물은 99℃에서는 끓지 않고 1도를 더한 100℃에서 끓기 시작한다. 그렇다면 우리가 커피를 끓여 마실 때, 밥을 지을 때, 라면을 끓일 때, 물이 끓고 있는 모습을 볼 때 '100℃가 됐다.'는 신호인 것이다. 이것이 임계점이다.

우리의 삶도 차가운 물을 부었을 때 끓지 않다가 서서히 끓기 시작하면 그 시점이 100℃다. 얼음을 주전자에 넣고 끓이기 시작했다면 적어도 영하 1℃ 이하에서 끓는 온도까지 작은 것 하나부터 시작해서 끓어 넘치는 순간이 된다는 얘기다. 목표를 정했다면 무엇을 어떻게 할까 고민하지 말자. 다만 아주 작은 것부터 끓어 넘치는 목표지점까지 1부터 100단계까지의 노력만 있으면 된다.

1부터 100까지 레벨을 정한다면 자신의 목표를 첫날부터 하나씩 나눠서 작은 단위로 쪼개어 1부터 100까지를 실행하면 된다. 100일이면 성공한다는 결론이 나온다. 지금 사전 독서를 통해서 맨 앞장, 뒷장을 보고 책의 허리인 테두리를 본다. 그다음 책 표지 안쪽 책날개 양쪽을 앞뒤로 보고 프롤로그, 에필로그, 목차를 본 다음 주요 내용을 파악하고 그 뒤에 책을 읽기 시작한다.

그야말로 첫 페이지부터 시작해서 100페이지 순으로 책을 읽고 완독을 한다. 건강해지고 싶은 목표를 설정했다면 무엇부터 해야 될까? 적어도 수면시간을 조금은 늘리고 정해진 시간에 일어나고 정해진 시간에 자려고 노력하는 것이 좋다. 카페인을 줄이고 스트레스를 줄여나가는 것 이렇게 작은 것부터 시작해야 한다. 헬스장을 다니고 근육을 만들고 에어로빅을 하고 몸을 만드는 것과 건강을 지키는 순서로 작은 것부터 시작해라. 정말 계단을 밟아 가듯이 조금씩 자신을 챙겨 간다면 분명히 건강해진다.

3P 바인더를 구매해서 사용하고 있다. 한 달, 일주일, 하루, 오전-오후-저녁 스케줄을 쪼개어 적고 해야 할 일을 확인한다. 체크하고 형광펜으로 중요 일정을 표시한다. 중요 일정과 꼭 해야 하는 일은 눈에 띄어야 한다. 눈을 떠서부터의 루틴을 작성하는 과정을 통해서 자신의 하루와 일주일, 한 달을 미리 볼 수 있다. 스케줄 체크도 작게 쪼개는 것이 핵심이다. 이때 작은 습관들이 눈에 보인다. 습관을 만들어 간다. 이러한 습관들이 모여 목표를 이루고 성공을 이루게 된다. 이것이 바인더의 기적이라고 말하고 싶다.

습관은 반복을 통해 한 단계씩 성장한다. 오늘 책을 보았다면 내일도 책을 보면 된다. 오늘 만 보를 걸었다면 내일도 걸으면 된다. 반복의 힘은 목표를 이루도록 돕는 가장 큰 무기이다. 작은 성공을 반복하다 보면 큰 성공을 이룰 수 있다. 피아노 조율사에서 교수가 되기까지 처음 피아노 조율을 운명적으로 만나게 된 시간이 있었고 조율을 시작하고 기술을 향상시키기 위해서 노력했다. 국가공인 피아노조율기능사와 국가공인 피아노조율산업기사 그리고 국가공인 건축도장기능사, 국가공인 건축목공기능사에 도전해서 자격증을 취득 할 수 있었던 것 모두가 도전 하나에서 시작이 된 것이다.

발전은 도전함으로 얻을 수 있는 선물이다. 나는 연주자가 원하는 최상의 피아노 컨디션과 소리를 위해 연구하며 배움에 계속 도전했다. 해외의 피아노 조율 기술에 관한 연구 자료나 책을 찾아서 보았고, 정통 유럽식 피아노 조율 기술을 배웠다. 20년 피아노 조율사 생활 후에 대학교에 가겠다는 자신과의 약속도 지켰다. 7년 만에 대학교와 대학원을 졸업하고 다시 8년 동안 연주홀, 대학교, KBS 아트홀에서 조율하면서 목표를 이루어 왔다. 하나씩 이루었던 성공들이 퍼즐이 되어 현재를 만들었다.

이렇게 매분, 매시간 하루하루 자신의 루틴을 만들고 자신의 작은 습관들을 실행하고 성공을 반복해서 이루다 보면 결국 자신의 목표는 이루어져 있을 것이다.

곁에 있는 사람은
늘 소중합니다

'남을 행복하게 할 수 있는 사람만이 행복을 얻을 수 있다.' 철학자로 유명한 플라톤의 말을 깊이 있게 생각해 본다. '행복'은 나부터 시작이 되어야 한다. 남을 행복하게 할 수 있는 사람은 분명 자신의 행복을 알고 느끼며 살아가는 사람이다. 행복을 알지 못하면 남을 행복하게 해 줄 수가 없다. 나부터 행복하게 지내자. 행복은 전파력이 있다. 내가 행복하면 주위에 행복이 전파된다.

나행복연구소(나행복조율/브랜딩연구소)를 만들고, 온라인에서 아내와 함께 활동하고 있다. '내가 행복해야 다른 사람도 행복하게 할 수 있다.'라는 모토를 가지고 있다. 최선의 재능 나눔으로 다양한 콘텐츠를 만들고 발굴한다. '함께 배워서 연구하고 나눠 주며 함께 행복한 성장을 하자.'는 뜻을 담고 즐겁게 활동하고 있다.

〈어린 왕자〉로 우리에게 잘 알려진 생텍쥐페리는 원래 조종사였다. 생텍쥐페리는 비행기를 몰고 하늘을 날다가 난기류를 만나 모래가 덮인 사막에 추락하고 말았다. 물과 식량이 없었던 생텍쥐페리는 구조를 기다리면서 며칠을 뜨거운 사막에서 버티고 있었다. 낮에는 엄청난 고열에 시달렸고 밤이 되면 엄청난 추위가 찾아왔다. 그런 생텍쥐페리는 얼마 후에 구조가 되었고 기자들이 그에게 질문했다. "사막에서는 불시착해서 아무것도 없었을 텐데 어떻게 살아남을 수 있었나요?" 하고 묻자 생텍쥐페리는 망설임 없이 얘기했다고 한다. "저에게는 가족이 있었기 때문에 잘 견딜 수 있었고 가족이 없었다면 단 하루도 버틸 수 없었을 겁니다."라고 얘기했다. 생텍쥐페리는 자신과 가장 가까운 사람인 소중한 가족을 생각하며 죽음의 고비를 견뎌냈던 것이다.

아버지는 나의 어린 시절 1남 5녀의 자녀들과 엄마를 그렇게 힘들게 했다. 술만 마시면 집안 물건을 던지고, 부수고, 우리 가족 모두를 괴롭게 했다. 청소년 시절과 청년, 장년이 될 때까지 40년이 넘는 세월 동안 아버지를 미워하면서 살았다. '두란노 아버지학교'를 통해서 아버지에게 진심 어린 편지를 쓰게 되었다. 나의 아버지도 가장이었다. 한 명의 대한민국 가장이었다. 아버지도 힘든 일이 있었겠지. 무엇이 아버지를 그렇게 만든 것일까? 계속 이 질문이 머릿속에서 떠나질 않았다.

지워지지 않는 엄청난 사건과 술을 마시면 가족을 괴롭혔던 아버지를 용서하기는 쉽지 않았다. 하지만 용서는 나를 위해서 해야 했다. 아버지는 한 가정의 가장이었다. 1남 5녀의 자식들과 아내, 어머니까지 여덟 명의 생계를 책임져야 했던 아버지였다. 나는 아버지를 용서하기로 했다. 아버지도 아버지의 고통이 있었을 거라는 것을 알고 나서 아버지와의 관계가 회복될 수 있었다. 이제는 술도 끊고 많이 달라지셨다.

나도 가장이 됐고 딸과 아들이 이미 성인이 됐다. 딸과 아들이 곁에 없었다면 지금의 나는 없었을지도 모른다. 또한 아침부터 저녁 늦게까지 나를 챙겨 주는 아내가 있었기에 지금의 내가 있다. 이렇게 우리와 가장 가까이 있는 가족, 친구, 애인, 동료 이 모든 사람들이 소중한 사람들이다. 내 주변에 있는 소중한 사람들을 보며 입꼬리를 올려 웃음 짓는 행동 하나만으로도 금방 행복해진다. 곁에 있는 사람은 늘 소중하다. 새삼 더 감사하다. 내 가족들에게....

살아있음에 감사하세요

2살 때의 기억은 다행히 없다. 소죽 끓이는 가마솥에 빠져서 죽음 직전까지 간 큰 사고를 겪고 사경을 헤매고 울고 보챘단다. 청소년 시기에도 가정에서 좋지 않은 상황으로 하마터면 죽을 뻔한 적이 있다. 20대에는 암울했던 청소년기의 우울함을 이겨내지 못하고 스스로 수면제 30알을 입속에 털어 넣고 죽음의 문턱을 밟기도 했다.

한 번은 로터리클럽 모임을 마치고 귀가하던 중 경부고속도로 신갈 분기점 직전에서 차 조수석 타이어가 갑자기 터져 나와 아내가 죽을 뻔했었던 적도 있었다. 타이어가 터지는 순간 초인적인 힘이 나왔다. 온 힘을 다해 한쪽으로 쏠리는 차의 운전대를 왼손으로 잡고 있었고, 오른손은 놀란 아내를 잡고 있었다. 고속도로에서 속력이 나 있던 차가 갑자기 속력이 줄었으니 뒤에서 달리던 차가 속도를 줄이지 못했다면 지금쯤 우리 부부는 둘 다 이 세상 사람이 아니었을 것이다. 그때가 우리 딸과 아들은 초등학교 6학년, 4학년이었다.

다행히 뒤에서 오던 순찰차가 오는 차들을 막았고 우리 차를 갓길 쪽으로 빼 주었다. 차는 수리를 했지만 지금도 그때를 생각하면 아찔하다. 그 긴박한 상황에서도 왼손으로는 핸들을, 오른손으로는 놀란 아내를 잡았기에 아내는 지금도 그 일을 떠올리면서 빙그레 웃는다. 아내에 대한 나의 마음이 전해진 걸까? 순간적으로 나온 나의 행동에 아내도 고마워하는 듯하다.

사람들은 살면서 많은 사건, 사고들을 만나게 된다. 나이 50이 넘은 지금 생각해 보면 살아 있는 것 자체가 감사한 일이다. 크게 아픈 곳 없고, 건강에 대해 걱정이 없었는데 2019년에는 아내와 한 달 차이로 맹장 수술을 했다. 그때 유일하게 병원 신세를 졌다. 수술 후 회복을 하고 두 사람 모두 건강하게 다시 일상을 살고 있다. 맹장 수술은 작은 수술이라고들 하지만 다시 한번 건강을 생각할 수 있게 된 계기여서 감사함을 느낀다.

전 세계가 코로나19로 사망자가 속출했다. 여러 사건 사고 속에서 사람들이 우리 곁을 떠나고 있다. 그런 시간 속에서 꼭 지켜야 하는 마음은 '감사'이다. 지나온 삶을 돌아볼 때 세상 모든 것에 감사를 느낀다. '살아 있는 것 그 자체가 감사하다.'는 생각을 많이 하게 된다. 사랑하는 가족이 건강하고 무탈하고 병원에 가서 힘든 병원 생활을 하지 않는 것 자체가 감사인 것이다. 주변을 잘 돌아보면 이미 우리는 많은 것을 이루었고 소유하고 있다. 무엇이든지 끝이 있다. 끝으로 가는 시간을 감사로 채워가자.

몇 년전에 며칠 동안 폭설이 내린 길을 운전해서 가고 있었다. 피아노 조율 약속이 되어있는 집을 방문해야 했다. 그날따라 내비게이션은 산길 쪽으로 길을 안내를 했다. 산길을 한참 올라가 중턱을 넘어서는데 눈길이 다 얼어붙어서 도저히 갈 수 없는 상황이었다. 언덕을 조심스럽게 내려갔다. 차가 슬슬 미끄러지기 시작했다. 핸들을 지그재그로 돌리면서 브레이크를 밟았다 놓기를 반복했다. 차가 미끄러져서 하마터면 큰 사고로 이어질 뻔했다. 다행히 차는 멈췄다. 차를 멈추고 고객에게 연락을 했다. 다시 차를 돌려서 내려가겠다고 자초지종을 이야기했다. 전화를 끊자마자 정말 조심스럽게 차를 돌려서 미끄러운 산 중턱을 다시 돌아 내려왔다. 내려오면서 입으로 계속 외쳤다. "감사합니다. 감사합니다!" 천재지변에 우리는 속수무책 일 때가 있다. 폭설로 많은 사고와 인명 사고가 난 곳도 있었지만, 다행히 차는 더 큰 사고가 나기 전에 멈췄다. 차를 돌려서 무사히 산을 내려온 것이 정말 감사했다.

태어나서부터 지금까지 정말 크게 죽을 고비를 넘긴 것이 12번 정도 된다. 생명이 왔다 갔다 하는 순간이 12번이었던 것이다. 그러나 나는 현재 숨을 쉬고 살아있다. 이 자체만으로도 감사하다. 모든 것은 보너스다. 살아있는 것 외에 내가 누리는 것은 모두 감사의 연속인 것이다. 그렇다. 현대 의학이 발달되어 수명이 늘었지만 우리가 알지 못하는 여러 가지 병과 바이러스의 공포는 늘 도사리고 있다. 그럼에도 불구하도 지금 현재 자유롭고 건강한 모습을 간직하고 사는 것이 감사하다. 우리 일상은 모두 감사로 이루어져 있다.

아침에 눈을 떠서 새로운 하루를 맞을 수 있는 것이 감사하다. 오늘 하루 아무 일이 없이 잘 지내고 무사히 귀가해서 저녁을 가족과 함께하고 아내와 함께 잠자리에 들 수 있음에 감사하다.

자신 어깨에 무거운 짐은 자신이 짊어진 것

요즘 우리의 삶은 너무 복잡하고 다양한 채널을 통해서 서로 연결이 되어 있다. 다양한 채널 속에서 여러 가지 삶을 살다 보면 나 자신을 책망하고 원망할 때가 있다. '왜 나만 이렇게 무거운 짐을 지고 사는 걸까? 왜 내 인생은 힘든 걸까?' 하는 생각에 의기소침해진다. 요즘 현대인에게 가장 많은 질병은 성인병과 정신적인 질환들이라고 한다. 너무 많이 먹고, 잘 먹어서 생기는 병과 비교 속에서 상대적으로 느껴지는 우울감이 크다는 것이다.

다양하고 빠른 변화에 복잡한 사회적인 현상들이 즐비하다 보니 상대적으로 정신적인 우울감이나 불면증 등 마음의 병으로 힘든 사람들이 많다고 한다. 남들보다 더 잘하고 싶고, 잘살고 싶은 마음이 있지만 현실은 그런 마음을 모두 해결해 주지 못한다. 거기에서 오는 차이가 마음을 힘들게 하고 '나만 왜 이렇게 무거운 짐을 짊어지고 사는 걸까?'라는 생각을 하게 되는 것이다.

그러나 그 어깨에 짊어진 짐은 누군가가 어떤 이유로 지워주었을까? 가족일까? 친구일까? 우리가 살아가는 사회일까? 아니다. 그것은 바로 자기 자신이다. 회사에서 과중한 업무로 인해서 짊어진 삶의 짐도 있고, 자신이 가지고 있는 여러 가지 꿈을 꾸고 그 이상의 모습을 생각하기 때문에 짊어진 자신만의 무거운 짐도 있다. 그것은 자신에게 지운 짐인 것이다.

고등학교 때, 성당을 다닐 때 교리교육을 담당했던 수녀님께서 해주신 얘기다. 너무 세상살이가 힘들었던 한 사람이 기도를 했다고 한다. "왜 저에게만 이렇게 무거운 십자가를 지워 주시는 건가요? 저도 다른 사람들처럼 가볍고 작은 십자가를 주시면 안 되나요? 아니면 아예 그런 십자가 자체를 제 어깨에서 내려 주시면 안 되나요?"라고 했다. "그래. 그럼 네가 저기 컴컴한 어두운 방에 들어가서 네가 어깨에 짊어지고 있는 십자가를 내려놓고 원하는 크기와 무게의 십자가를 골라 오너라."라는 소리가 들렸다고 한다. 그 사람은 자기가 어깨에 짊어지고 있던 무겁고 큰 십자가를 질질 끌고 어두운 방으로 들어가서 당장 그 십자가를 내던지고 얇고 무게가 가볍게 생긴 십자가를 한참 동안 골라서 짊어지고 나왔다. "그래. 그게 네가 원하는 십자가가 맞느냐?"라고 하자 "네. 맞습니다. 너무 가볍고 좋습니다."라고 했다고 한다. "그래. 그러면 아까 그 십자가와 지금 이 십자가의 무게를 한번 재 보거라."라는 음성이 들려서 그 십자가의 무게를 저울에 올려놓고 재 봤다고 한다. 그런데 이게 웬 일인가? 아까 짊어지고 있던 십자가 무게와 같은 무게였다. 길이가 길고 얇아진 것뿐이지 무게는 같았던 거다.

'왜 나만 이렇게 무거운 짐을 지고 힘겨운 삶을 살아가나?'라고 생각하지만 실제로 우리 주변을 돌아보면 정말이지 문제가 없고, 짐이 없는 사람이 없다. 누구나 삶의 문제를 가지고 산다. 그런데도 결국 남과 비교를 한다. 남의 삶에 나 자신의 삶을 빗대어 보기 때문에 나의 삶의 무게가 더 무거워 보이는 것이다. 현재의 상황과 나의 모습은 나일뿐인데 다른 사람과 비교해서 그 이상의 나를 만들려고 하기 때문에 나만 더 힘들고 삶이 무겁게 느껴지는 것이다. 내 어깨에 짊어진 그 무거운 짐은 결국 스스로가 자신의 어깨에 올려놓은 짐이라는 것이다.

너무 많은 걱정을 하고, 마음의 짐을 지고 살게 되면 삶의 무게로 불행이 다가올 확률은 높아진다. 나는 지금 어떤 상황에 있는지를 잘 체크해 봐야 한다. 현재의 삶에서 조금 더 앞으로 나갈 힘을 내는 것이 어깨 위의 무거운 짐을 내려놓는 길이다. 너무 걱정하지 말고 삶을 살아가자. 마음으로 걱정하는 것들은 적어도 90% 이상 일어나지 않을 일이라고 한다. 스스로 너무 큰 마음의 짐을 지고 사는 것은 성장을 방해한다. 어깨에 짐이 많이 올려 있다면 한 번에 내려놓기는 어려울 수 있다. 자신의 마음을 얘기할 수 있는 사람과 대화를 나눠 보자. 마음의 짐을 풀어놓고 함께 의논해 보라. 마음의 짐은 반으로 줄어들 것이다. 반만 줄어도 우리의 삶은 한결 가벼워진다. 나머지 반은 휴식하며 자신을 되돌아볼 수 있는 여행을 떠나 보길 권한다. 산책도 좋고 가벼운 등산도 좋다. 가까운 곳이라도 여행을 통해 마음속의 짐을 여행지에 내려놓고 오기 바란다. 그러면 또 삶의 무게는 반으로 줄어든다.

운동을 하거나 음악을 듣거나 그림을 그리고 책을 읽는 등 자신만의 취미를 가져 보자. 그런 활동들을 통해서 조금씩 자신을 정화시키고 무거운 짐들을 내려놓게 될 것이다. 훨씬 가벼운 자신을 발견하게 될 것이다. "내가 생각하는 90%의 걱정스러운 일들은 일어나지 않는다."라고 다시 한번 생각하자. 앞으로 더 여유롭게 편안한 마음으로 삶을 살아가기를 바란다. 세상에 걱정이 없는 사람은 없다. 일어나지 않을 많은 걱정을 하고 사는 것도 자신을 삶에서 후퇴시키는 일이다. 누구에게나 자신이 감당할 수 있는 무게의 십자가가 공평하게 주어졌다는 것을 잊지 말아야 할 것이다.

성장에 도움이 되는 조언들

가난을 탓하지 마라. 나는 들쥐를 잡아먹으며 연명했다. 작은 나라에서 태어났다고 탓하지 마라. 나는 적들의 1백분의

1, 2백분의 1에 불과한 병사로 세계를 정복했다. 배운 것이 없다고 탓하지 마라. 나는 내 이름도 쓸 줄 몰랐지만 남의 말에 귀 기울이면서 현명해지는 법을 배웠다. 너무 막막하니 포기해야겠다고 말하지 마라. 나는 목에 칼을 쓰고도 탈출했고 뺨에 화살을 맞고도 살아났다.

CEO 칭기스칸 중에서

살다 보면 누구나 힘겹고 어려움에 처할 때가 있다. 최악의 상황에서도 스스로를 포기하지 않고 자신을 믿고 끝까지 앞으로 나가보라. 칭기즈칸처럼 우리의 삶도 스스로 의지를 가지고 자신에 대한 굳은 믿음만 있다면 힘겹고 어려운 순간도 잘 이겨낼 수 있다. 직장 생활을 하거나 사회생활을 하다가 힘겨워서 떠날 때가 있다. 시간이 지나서 내가 일하고 머물렀던 곳이 참으로 소중한 곳이었구나 하는 것을 느낄 때도 있다.

코로나19로 힘겨운 요즘, 많은 사람들이 직업을 잃거나 회사에서 명예, 권고 퇴직을 당하고 있다. 자신의 일터를 어쩔 수 없이 떠나는 경우다. 칭기즈칸처럼 세계를 제패하고 정복하는 꿈을 꾸지는 않는다고 해도 자신이 하고 있는 일이나 현재 처해 있는 상황에서 최선을 다해보라. 힘겨운 상황을 뛰어넘으려는 강한 의지와 열정을 가져야만 한다.

자신의 삶에서 불같은 열정이 살아나지 않는다면 한번 자신에게 말해 봐라. "나는 들쥐를 잡아먹은 적도 없고, 가난한 나라에서 태어난 적도 없고, 적들과 1백분의 1, 2백분의 1로 싸워 본 적도 없다. 내 이름을 쓸 줄 모르지 않고 목에 칼을 쓰고 탈출한 적도 없다. 뺨에 화살을 맞은 최악의 상황은 아니다."라고 말이다. 현재 살고 있는 삶이 이 상황보다 얼마나 편하고 더 나은 삶인지 다시 한번 자신을 되돌아보기를 바란다. 현재 있는 삶에서 과감하게 앞으로 나가기 전에 무엇을 하고 있는지? 스스로 열정을 가지고 자신을 믿고 나아가기를 바란다.

이미 한 일을 후회하기보다는 꼭 하고 싶었는데 하지 못한 일을 후회하라.

탈무드

자신이 하고 있거나 했던 일에 대해서 후회해본 적이 있는가? 탈무드는 우리에게 '이미 한 일을 후회하기보다는 꼭 하고 싶었는데 하지 못한 일을 후회하라.'고 얘기하고 있다. 삶을 살아나가면서 자신이 꼭 하고 싶었던 일들을 하기가 어려운 상황 경우가 많다. 직장생활을 하며, 가족을 챙기는 가장으로서, 또는 엄마로서의 삶은 항상 시간이 부족하고 하고 싶은 일을 하기에는 상황이 맞지 않아 꼭 하고 싶었던 일을 하지 못하고 지나가는 경우가 많다. 이미 한 일은 과거일 뿐이다. 과거에 매여있지 말고 현재 오늘 바로 지금 꼭 하고 싶었던 일을 하자. 하고 싶었던 것들을 미루고 미뤄서 하지 못하는 경우는 '정확한 목표'가 설정되지 않았기 때문이다.

자신이 하고 싶은 일. 그것이 내가 세운 어떤 목표, 어떤 부분에 필요한지 정확히 체크해 보라. 그것을 이루기 위해서 내가 무엇을 하고, 무엇을 배우고 실행해야 되는지 정확히 자신을 아는 것이 필요하다. '1인 기업 CEO 과정'에서 김형환 교수는 "자신이 누구인지 모르고는 한 발자국도 움직이지 마라."라는 얘기를 했다. 어떤 강점이 있고, 어떤 약점이 있는지, 또 자기가 잘 할 수 있는 것과 꼭 해야 되는 일이 어떤 것인지를 정확하게 파악해야만 한다. 목표가 확실히 선다면 꼭 하고 싶었던 일은 실행되고 목표를 향해서 나아 갈 수 있을 것이다. 적어도 자신을 잘 파악하고 꼭 하고 싶었던 일을 해나간다면 오랜 시간이 지났을 때 후회하는 일은 없을 것이다. "자신을 모르면 성공도 없다."

회사나 가게를 찾아오는 고객은 모두 신과 같은 존재이다. 따라서 두 손을 모으고 절을 하는 마음으로 고객을 소중히 대해야 한다.

마쓰시타 고노스케

마쓰시타 전기산업 사장이었던 마쓰시타 고노스케는 "고객은 신과 같은 존재이고 두 손을 모으고 절을 하는 마음으로 고객을 소중히 대해야 한다."라고 강력하게 이야기하고 있다. 영업을 하거나 사람을 관리해야 되는 입장에 있는 사람이라면 다시 한번 되새겨볼 말이다. '고객은 모두 신과 같은 존재이다.' 우리가 고객을 신과 같은 존재라고 생각한다면 마시다 고노스케의 말처럼 두 손을 모으고 절을 하는 마음으로 고객을 소중히 생각할 것이다.

때로는 스스로 나태한 마음을 가지고 고객을 대할 때도 있다. 고객을 쉽게 대하는 사람은 없겠지만 진정한 마음으로 고객을 대해야만 한다. 정성스러운 마음으로, 고객의 입장에서 생각한다면 고객 또한 표정이나 행동에서 그런 모습을 느낀다. '나를 정성스럽게 대하고 있고 진정한 고객으로 여기고 있구나.' 마음이 열리면 기쁜 마음으로 물건을 사거나 계약을 할 것이다.

비단 영업을 하거나 고객을 만나는 상황이 아니라고 할지라도, 사람과 사람이 만나는 관계도 마찬가지다. 옆에 있는 사람을 소중히 여기고 가장 가까운 가족 또한 마찬가지라고 생각한다. 내 옆에 있는 친구든, 가족이든, 처음 만난 사람이든 그 사람을 소중하게 생각해라. 없어서는 안 될 '소중한 신과 같은 존재'라고 생각한다면 누구를 만나든지 그 사람과의 관계는 좋은 관계를 유지할 수 있을 것이다. 사람은 사람을 떠나서는 살 수가 없다. 만나고 함께하는 사람을 소중히 여겨야만 한다.

인생은 부메랑과 같다. 준 만큼 받는다.

데일 카네기

나행복조율연구소의 설립 목적은 '함께 배워서 나눠 주고 함께 행복해지는 것'이다. 나행복브랜딩연구소와 함께 '부부1호 행복성공메신저'로 설립되었다. 배워서 남 주는 것은 참 행복한 일이다. 열심히 배워서 남에게 배운 것을 다시 나눠 주는 일은 참 의미가 있는 일이다. 꼭 베푼 만큼 보상을 바래서가 아니지만 나눠준 만큼 받게 되는 것이 세상의 이치다. 열심히 제대로 배워서 남 주고 다시 내가 받고 다시 남을 주는 인생은 부메랑과 같은 것이다. 지금까지 어떤 것을 배워서 남 주고 계시는가? 앞으로는 어떤 것을 배워서 남 줄 것인가?

두 사람의 마음을 합치면 그 예리함으로 쇠도 자를 수 있다.

주역

인간은 혼자 살아갈 수가 없는 존재다. 어떤 사람들과 함께하고 있는가? 어떤 파트너와 일을 하고 어떤 친구와 서로의 삶을 나누고 있는가? 혼자보다는 마음이 잘 맞는 파트너와 함께라면 삶의 성장과 성공을 이룰 확률은 훨씬 더 높아질 것이다. 마음이 잘 맞는 파트너와 마음을 합친다면 자신 스스로 답을 찾지 못할 때나 어떤 일을 해결하기 어려울 때 해결의 확률이 높아진다. 홀로 어떤 일을 헤쳐나가기보다는 주변을 잘 돌아보고 나와 마음이 잘 맞는 파트너를 찾아서 꼭 함께하기 바란다. 가족, 친구, 직장동료, 모임의 일원, 선생님, 선후배 등 가까운 곳에서 찾아보고 함께 하기를 바란다.

> **나를 웃게 하는 사람들을 사랑한다. 솔직히 내가 가장 좋아하는 것은 웃는 것이다. 웃음은 수많은 질병들을 치료해 준다. 웃음은 아마도 사람에게 가장 중요한 것일 것이다.**
>
> 오드리 헵번

'행복해서 웃는 것이 아니라 웃기 때문에 행복해진다.'는 말이 있다. 실제로 우리 뇌는 가짜로 웃어도 실제로 웃는 것과 같은 엔돌핀과 MK 세포를 만들어 낸다고 한다. 웃음으로써 건강도 지키고 삶을 살아가는데 긍정적으로 살아나갈 수 있는 큰 무기가 웃음인 것이다. 웃을 일들을 만들어 보고 밝은 에너지 속에 스스로 다시 힘을 내서 앞으로 나가길 바란다. 밝은 에너지로 주변 사람들까지 웃게 만들 수 있는 긍정 에너지가 웃음의 장점이다.

모든 일에서 단 10분, 15분이라도 복잡함을 내려놓고 잠깐 눈을 감거나 지금 있는 곳에서 어느 한 지점을 바라보고 크게 심호흡을 하며 자신에게 쉼을 주라. 그러면 마음의 여유도 생기고 활력도 되찾게 된다. 삶의 여유를 찾으면 웃을 일도 다시 생기게 된다. 웃게 되면 내가 행복해진다. 주변에 행복한 에너지를 나눠주면 많은 사람도 함께 행복해진다.

나비효과(Butterfly effect)

'나비효과'라는 용어는 1952년 미스터리 작가인 '브래드버리'가 시간 여행에 관한 단편소설 '천둥소리'에서 처음 사용하기 시작했다. 이를 대중에게 전한 사람은 미국의 기상학자 '로렌츠'다. 1961년 로렌츠는 컴퓨터 시뮬레이션을 통해 기상변화를 예측하는 과정에서 정확한 기초 값인 0.506127 대신 소수점 이하를 생략한 0.506을 입력했다 그 결과는 놀라웠다. 0.000127이라는 근소한 입력치 차이가 완전히 다른 기후 패턴 결과로 나타났기 때문이다. 1963년 로렌츠는 그러한 사실을 연구 결과를 발표했다. 이에 대해 한 기상학자가 다음과 같이 코멘트했다. "그게 사실이라면 갈매기의 날갯짓 한 번에 기회 패턴이 완전히 달라진다는 것과 진배없네요." 로렌츠에게 순간 아이디어가 반짝 떠올랐다.

갈매기보다 '나비 날개'가 자신의 연구 결과를 좀 더 적극적으로 보여 줄 수 있으리라는 아이디어였다. 1972년 로렌츠는 미국화학진흥협회에서 강연 의뢰를 받는다. 로렌츠는 청중을 사로잡는 강연 주제를 고민하지만 마땅한 주제가 떠오르지 않았다. 이때 동료 기상학자인 메릴 리스는 "브라질에서 나비가 날갯짓을 하면 텍사스에서 토네이도가 일어날까?"라는 주제를 제안한다.

나비효과의 모든 것을 담아낸 이 문장은 그 후 '나비효과'를 설명하는 대명사가 됐다. 이렇듯 작은 어떤 행동이나 시작이 나중에 큰 결과로 나타나는 것을 우리는 현재 '나비효과'라는 말로 사용한다. 자신이 이루려고 하는 성공 목표가 있다면 가장 작은 것부터 시작해 보기를 바란다. 처음엔 아주 작은 시작이겠지만 시간이 지나서 습관이 되고 한 가지씩 성장을 이룰 것이다. 너무나도 작은 시작이 나중에 큰 결과로, 큰 성공으로 이어지는 것이 나비효과의 진정한 효과일 것이다.

피그말리온 효과(Pygmalion effect)

긍정적인 기대나 관심이 사람에게 좋은 영향을 미치는 효과를 말한다. 일이 잘 풀릴 것으로 기대하면 잘 풀리고 안 풀릴 것으로 기대하면 안 풀리는 경우를 모두 포괄하는 자기 충족적 예언과 같은 말이다. 그리스 신화에 나오는 조각가 피그말리온은 아름다운 여인상을 조각하고 여인상을 갈라테이아라고 이름을 짓는다. 세상에 어떤 살아있는 여자보다도 더 아름다웠던 갈라테이아를 피그말리온은 진심으로 사랑하게 된다. 여신 아프로디테는 피그말리온의 사랑에 감동하여 갈라테이아에게 생명을 불어넣어 준다.

간절히 원하고 기대하면 원하는 바를 이룰 수 있다는 것을 보여주는 그리스신화에서 유래됐다. 자신에게 긍정적인 다짐을 하고 긍정적인 메시지를 보낸다면 피그말리온 효과에서처럼 더 나은 자신을 발견하게 될 것이다. 상대방에게 긍정적인 말로 격려의 말을 건네준다면 상대방 또한 현재 모습보다 훨씬 나은 모습으로 변화될 것이다. 실제로 어린아이들을 학대하면 그 아이는 불안정한 심리 상태를 갖게 되어 불행해질 수 있다고 한다. 피그말리온 효과를 긍정적으로 받아들이고 긍정적으로 사용한다면 훨씬 현재보다 나은 삶으로 거듭날 수 있을 것이다.

마태 효과(Matthew effect)

'부자는 더욱 부자가 되고 가난한 자는 더욱 가난한 사람이 된다.'는 신약성서의 마태복음에서 유래된 현상을 말한다. 1969년 미국의 사회학자 '로버트 머튼'은 사실상 동일한 연구 성과를 놓고도 저명한 과학자들이 무명 과학자들에 비해 많은 보상을 받는 현실이 마치 마태복음 구절로 해석되는 마태 효과와도 갔다고 주장했다.

자신의 노력으로 독서와 교육을 통해서 많은 지식을 쌓고 그 속에서 찾은 많은 아이디어와 콘텐츠들을 가지고 스스로 사용한다면 '지식 부자' 마태 효과를 확실하게 누리는 것이다. 어떤 노력으로 조금씩 부를 이루어 가다 보면 더 큰 부를 이룰 수 있다는 마태 효과처럼, 자신이 노력한 결과의 위치에 따라서 부자는 더 부자가 될 것이고 가난한 사람은 더 가난해진다는 것이다. 부를 선택할 것인가? 가난을 선택할 것인가? 그것은 나 자신에게 달려 있다.

행동하지 않는 생각은 쓰레기에 불과하다.

실행이 답이다.

이민규

'실행이 답'이라는 정답을 말해 주는 교훈적인 말이다. '항상 생각만 하고 바로 실행하지 않는 것은 쓰레기 불과하다.'라고 얘기한 이민규 저자의 말처럼 어떤 목표가 있다면 그 일을 실행함으로 이루어내는 것이 성공의 정답인 것이다. 1인 기업 & CEO 과정의 김형환 교수는 성공하고 싶다면 그 목표를 '오늘 바로 지금 여기'에서 실행하라고 말한다.

목표를 생각으로만 정하고 그냥 생각으로 그치는 경우가 대부분이다. 생각만 하고 실행에 옮기지 않는 것은 쓰레기란 말은 우리들의 사고방식에 경종을 울린다. 목표가 있다면 지금 바로 실행하라. 습관코치인 박현근 코치도 뭔가를 완벽하게 준비하고 시작하지 말고 지금 바로 시작하라고 했다. 어설프더라도 먼저 시작해 놓고 하나씩 하나씩 탑을 쌓듯이 자신의 목표치에 가깝도록 노력하고 다시 수정하는 것이 반복되다 보면 큰 성공을 이룬다는 것이다. 성공하고 싶다면 지금 바로 이 순간 실행하라. 성장하고 성공할 것이다.

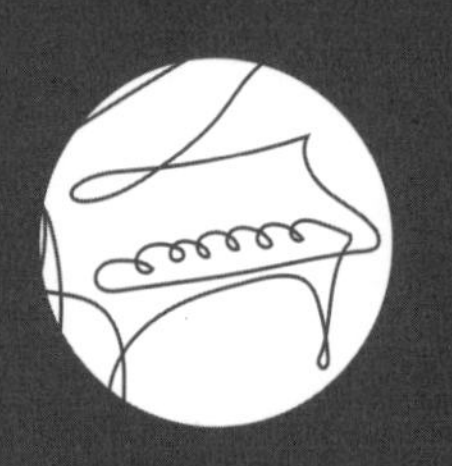

part5
폭풍 성장에는 폭풍이 따릅니다

아버지학교에서 얻은 것

2016년 8월, 뜨겁던 여름은 '두란노 아버지학교'에서 내 삶을 다시 담금질하는 시간이었다. 두란노 아버지학교 편집장으로 있었던 목사님께서 적극적으로 추천하셔서 아버지학교에 등록하게 됐다. 아버지학교 첫날, 일찍 가서 대기를 했다. 아버지학교를 진행하는 스태프 한 분이 "왜? 이렇게 일찍 오셨어요."라고 묻는다. "네. 늦으면 안 될 것 같아서 그냥 서둘러서 일찍 왔습니다. 커피 한잔 마실 수 있을까요?" 옆에 있는 티 테이블로 향했다. 그런데 내 손을 꽉 잡으면서 "어. 안됩니다. 그러시면 반칙입니다." 하면서 미소를 짓는다. 영문을 몰라서 눈을 동그랗게 뜨고 그를 바라봤다. "우리 아버지학교에서는 스태프들이 오신 분들을 섬기는 게 룰입니다."라고 한다. "커피는 제가 타 드릴게요. 혼자서 타드시면 안 되십니다." 하면서 다시 웃는다. 당황스러웠지만 뭔가 가슴속에서 '쿵'하는 마음이 들었다. '이건 뭐지?' 하는 생각이 들었다. 뭔가 대접받는 정도가 아니었다. 형이 없었던 1남 5녀 중 외아들로 자랐던 나로서는 큰형이 나에게 '내가 챙겨 줄게.'라고 하는 느낌이었다. 순간 가슴이 뭉클해지며 찡한 감정을 느꼈다.

커피를 마시면서 가만히 앉아 있는데 문틈 사이로 보인 무대에서 아버지학교 밴드가 한참 연습 중이었다. 노래 곡목은 〈장미〉라는 곡이었다. '당신에게서 꽃내음이 나네요. 잠자는 나를 깨우고 가네요.' 교회에서 진행하는 아버지 학교니까 당연히 CCM이나 찬송가를 부를 줄 알았는데 익숙하고 따뜻한 대중가요 가사들이 흘러나오고 있었다. 유심히 쳐다보고 있었다. 기타를 치고 노래를 좋아하는 나는 '참 신기하고 잘하네.' 하는 생각이 들었다. 경쾌한 드럼 리듬에 맞춰서 기타와 건반, 베이스가 앙상블을 이루면서 리드보컬과 함께 화음으로 연습을 하고 있었다. 듣기가 좋았다.

스태프들 연습이 끝나고 한 명 두 명 아버지학교 참가자들이 오기 시작했다. 함께 대기하고 있었다. 서로 서먹서먹한 눈빛을 주고받은 후 시작 시간이 되자 안내하는 스태프가 "안쪽으로 들어오세요. 조별로 자리를 편성해 놨으니까 그 자리에 앉으세요."라고 한다. 나는 4조였다.

테이블에는 나 외에 네 명이 더 앉아 있었다. 진행 순서에 따라 조별로 자기소개를 하는 순서가 있었다. 각자 자기의 직업, 사는 곳,

가족 사항 등을 얘기하기 시작했다. 조원들에 대해서 한 명씩 한 명씩 알아가고 있었다. 노래도 같이 부르고 간식도 먹고 스태프들이 준비해 놓은 저녁 식사도 함께 할 수 있었다. 그야말로 만찬이 나왔다. 모두가 남자분들이 준비하고, 요리하고, 서빙을 했다. 또한 음악을 연주하고 노래하는 밴드도, 건반을 연주하는 여성 한 분을 제외하고는 다 남자들이었다. 아버지학교를 먼저 수료한 선배 아버지들이 스태프로 섬기고 있었다.

다음 순서는 각 조의 이름을 짓고 조 이름에 대한 의미와 조원들을 소개하는 순서였다. 한 조씩 설명하고 자리에 앉았다. 우리 4조는 '태양 조'라고 이름을 지었다. 태양이 없으면 우리가 살아갈 수 없기 때문에 '항상 가족에게 따듯하고 꼭 필요한 태양 같은 존재인 아버지가 되자.'라는 의미였다. 그렇게 첫째 주는 잘 마무리됐다. 몇 주가 지나니 아버지학교가 이제는 익숙해졌다. 참가자들을 위해서 사소한 것 하나하나 준비하는 스태프들에게 내가 할 수 있는 것은 아무것도 없었다. 늦지 않는 것이 내가 할 수 있는 유일한 것이었다. 그래서 항상 가장 먼저 가서 대기를 하고 있었다.

자신의 아버지에게 편지를 쓰는 시간이 있었다. 솔직하게 그대로를 쓰라고 조장님이 조언을 하셨다. 아무 생각 없이 어린 시절부터 아버지와의 이야기들을 글로 표현하기 시작했다. 한 자 한 자 쓰면서 내 눈에는 눈물이 흐르고 있었다. 힘겨운 아버지의 모습으로 온 가족이 힘들어했던 시간들이 다시 내 머릿속에 떠올랐기 때문이다.

아버지에게 편지 쓰기가 마무리되고 편지 봉투에 접어서 넣어 제출했다. 그런데 이게 웬일인가? 아버지 학교에서 쓴 편지를 실제로 아버지에게 보낸다는 것이다. 썩 내키지는 않았는데 더 당황스러운 일이 벌어지고 말았다. 몇 명의 참가자들이 직접 무대로 나가서 편지를 읽고 진행자가 인터뷰하는 순서가 있었다. '설마 나는 아니겠지?'라고 생각했다. 내가 쓴 내용을 생각하니까 아차 싶었다. 몇 명의 편지를 읽을 참가자 중에서 내 이름이 불렸다.

덤덤하게 읽기에는 너무 고통스럽고 힘겨운 내용이었다. 하지만 어쩔 수 없었다. 내 이름이 불리고 나서 무대로 나갔다. 아버지학교만의 소개 방법으로 소개를 하고 편지를 읽기 시작했다. 읽는 동안 가슴이 미어지도록 아팠다. 울컥하는 나를 진행하시는 진행자님이 꼭 안아 주었다. 편지를 읽기가 힘들었다. 하지만 나는 끝까지 읽었고 많은 사람이 숙연해졌다. 편지 낭독이 끝나자 박수로 나를 위로해 주고 격려해 주었다. 편지 내용으로 지나간 삶을 털어놓고 나니까 왠지 모를 시원한 기분이 들었다.

나의 과거에 대해 편지를 써서 아버지에게 보낸다는 것은 상상할 수 없었던 일이다. 지난 40년간을 아버지와 좋지 않은 관계로 마음속에 앙금을 가지고 살았다. 진심 어린 편지를 쓰고 많은 사람 앞에서 읽고 얘기했다. 결국 편지는 아버지에게 전달됐다. 한 주 한 주가 지나갈수록 마음은 평온해졌다. 치유가 된 것처럼 말이다. 마지막 주차가 다가왔다.

마지막 주차에는 특별한 이벤트가 있었다. '아내가 함께하는 세족식'이었다. 아내의 발을 닦아주는 시간이었다. 캄캄하게 암전된 상태에서 촛불만 켜고 조용한 음악이 흘러나왔다. 음악만으로도 울컥하는 마음이 들었다. 아버지학교 밴드의 연주로 조용한 음악이 흘러나오는 가운데 아내의 발을 닦기 시작했다. 눈에서 왠지 모를 눈물이 흘렀다. 조용하고 엄숙한 가운데 세족식이 끝났고 아내를 꽉 안아줬다. 아내의 발을 닦아준 것은 내 평생 처음이었다. 미안한 마음과 고마운 마음이 들었다. 세족식을 통해 서로가 서로에게 더 따뜻한 마음이 생겼다. 그렇게 아버지학교는 나에게 큰 울림을 남기고 마무리됐다.

한 주가 지나서 아내와 함께 부모님 집으로 찾아갔다. 아버지와 어머니께 진심 어린 편지에 대한 얘기를 했다. "아버지, 어린 시절 제가 아버지에게 맞서고 멱살을 잡았던 그 부분이 가슴 아프셨다면 용서해 주세요. 그리고 아버지가 가족들과 저에게 힘겹게 했던 모든 것들을 저는 오늘부로 다 마음속으로 용서할 겁니다. 받아주세요."라고 했다. 옆에 계시던 어머니의 눈에는 눈물이 흐르고 있었다. 그렇게 40년이 넘는 시간이 지나서 아버지와 나는 회복할 수 있었다. 아버지학교는 나에게 삶의 평안을 줬고 많은 것들을 깨닫게 해주었다.

포기하지 않는 삶

지금까지 삶을 살아오면서 무언가를 포기한 적이 딱 한 번 있었다. '대포', 즉 대학 포기였다. 대학을 포기하고 싶어서 포기하진 않았다. 집안 환경과 심리적으로 안정되지 못한 상황에서의 결정이었다. 대학을 못 가는 성적으로 대학을 포기해야만 했다. 그때의 심정이 참담하지는 않았다. 지금까지 살면서 내 삶에 대해서 어떤 결과가 나왔을 때 후회해 본 적은 없다.

여러 번 생각하고 신중하게 뭔가를 결정했기 때문이다. 지나온 삶이나 현재의 삶에 대해서 후회하지 않는 사람. 그것이 가능했던 것은 마음의 결정과 어떤 일을 진행해 나갈 때 그 과정에서 최선을 다하려고 노력했기 때문이다. 여러 번 검토하고 결정 내린 것에 대해서 열심히 하지 않을 이유는 없었다. 열심히 노력하고 나면 혹시 결과가 좋지 않더라도 후회할 일은 없다.

살아오면서 딱 한 번 포기했지만 사실 그것도 진짜 포기는 아니었다. 대학을 못 가는 성적이 나왔으니까 '잠시 미뤄둔다.'라고 생각했었던 것 같다. 1남 5녀 중 아들 하나로 2대 독자였던 나를 보고 어머니는 "대학교 안 가면 뭐 먹고 살끼고? 아들 하난데 대학은 가야 되지 않겠나?"라며 설득하셨다. 어머니가 펑펑 우셨던 게 기억이 난다. 그때 당당하게 "엄마, 학력 차별이 없는 직업을 선택해서 열심히 살 테니까 너무 걱정하지 마세요."라고 했었다. 내 나이 19살이었다. 19살 나이에 당찬 말을 던지고 나니 잠깐의 사회생활이었던 아르바이트를 하는 동안도 최선을 다해서 일했다.

비록 2대 독자로 빠져서 짧은 6개월 동안 군 생활을 했지만 나와 같이 6개월 판정을 받았던 같은 동네에 살던 친구와도 약속을 했다. "우리는 동기들보다 한참 적게 군 생활하니까 짧은 기간이지만 열심히 군 생활을 하자."라고 의기투합했다.

사람이 살면서 자기 자신의 어떤 행동이나 목표했던 것을 이루지 못하고 포기하는 경우는 너무나도 많다. 잘 생각해 보면 참 간단한 진리 하나가 있다. 삶을 살아가면서 포기하지 않는 방법. 그건 딱 하나 있다. 그런 목표나 그런 상황을 설정하지 않으면 된다. 무슨 소리인가 할 것이다. 삶이 이렇게 간단하면 얼마나 좋을까? 하지만 살다 보면 여러 가지 힘든 일도 겪게 되고 꿈꾸고 목표했던 것들이 좌절될 때도 있다. 어쩔 수 없이 포기해야 하는 경우가 생길 수도 있다. 어떤 목표나 꿈을 설정하고 그것을 포기하지 않고 이루는 것은 독한 사람만이 할 수 있는 것은 아니다.

자신이 목표한 바가 있다면 그것을 아주 작은 것부터 시작해서 매일매일 그 단계까지 오를 때까지 작은 노력을 끊임없이 실행해야만 한다. 영화나 드라마, 소설 속에서 보는 것처럼 어떤 위기나 극

한 상황에서 자신을, 위험에 처한 다른 사람들을 위해서 몸을 던져서 구하는 경우를 종종 보게 된다.

피아노 조율사로 31년을 일해왔다. 출장 거리만 해도 지구 둘레가 4만 킬로미터인데 그 30배인 120만 킬로미터로, 피아노 조율을 위해 전국으로, 지구의 30바퀴만큼이나 다녔다. 피아노 조율을 하다 보면 당황스러운 경우를 당할 때도 있다. 피아노 조율을 하고 있는 연주 홀에서 있었던 일이다. 국악과 밴드 콜라보 연주로 진행되는 연주회였다. 연주회를 담당하고 있었던 선생님께 "피아노 조율을 기준음 440으로 할까요? 442로 할까요?"라고 먼저 질문을 했다. 담당 선생님은 "440으로 해 주세요."라고 답을 했다. 신중하게 피아노 조율을 마무리했다.

조율이 끝나고 리허설을 하는 것을 보려고 객석 중앙에 대기하던 중에 무대 감독님은 다급한 목소리로 얘기했다. "피아노 조율을 442로 재조율 할 수 있을까요?" "아까 연주회 담당 선생님께 조율음정을 여쭤봤는데 440으로 조율해 달라고 해서 그렇게 다 조율해놨습니다." 무대 감독님은 다시 한번 얘기한다. "그런데 다른 연주자가 442로 조율되어야 된다고 합니다."

너무나 당황스러웠다. 리허설 시간 전까지 40분 정도의 시간이 남아 있었다. 재조율을 하기에는 부족한 시간이었다. 하지만 예전부터 음악 학원 연주회가 있을 때 원하는 시간대에 조율해야만 했던 경험이 있었기에 아주 빠르고 정교한 조율은 습관처럼 돼 있긴 했었다. 평상시에 그렇게 연습을 해놓은 것이다.

담당 선생님이 다시 와서 부탁한다. "남은 시간 동안 442로 조율해 드릴게요. 사전에 서로 협의를 했으면 이렇게 하시면 안 되는 건 아시죠?" "네, 너무 죄송해요." 연주회 담당 선생님은 나에게 와서 미안함을 표시한다. "네. 알겠습니다." 말이 끝남과 동시에 재조율을 시작했다. 피아노 조율은 40분 만에 마무리할 수 있었다.

원래대로 보자면 피아노 조율 시작 전에 기본 음정을 물어봤을 때 440으로 조율해 달라고 했기 때문에 조율이 끝났으면 의무는 다 한 것이다. 재조율을 요구했을 때 하지 않아도 된다. 하지만 중요한 것은 몇 회를 조율하는 것이 중요한 것이 아니라 연주회를 잘 마치는 것이 중요한 것이었다. 그것이 피아노 조율사로서 연주회 조율을 맡은 나의 임무였기에 무대 감독님의 말씀과 담당 선생님의 의견을 받아들였고 재조율을 했다. 평소처럼의 조율은 아니어서 아쉬웠지만 연주회는 잘 마무리 될 수 있었다.

살다 보면 도저히 뭔가를 할 수 없는 경우가 있다. 하지만 포기하지 않는다. 상황이 좀 불리하고 어려워도 어떻게든 그 일을 해결하고 헤쳐나가려고 노력한다. '내 삶에 포기란 없다.'라고 강한 의지를 다진다. 어린 시절 힘든 여러 가지 일들을 겪었을 때 그 과정들을 강한 의지력으로 뚫고 나오며 생긴 돌파력인 것 같다.

아버지로 인해 겪어야 했던 어린 시절과 청소년기의 힘든 여러 가지 것들과 20대에 내가 스스로 삶을 포기하려고 했던 과정들은 내 삶의 일부다. 다시 깨어난 이후에는 절대로 그런 어리석은 행동은 하지 않기로 마음먹었다. 지나온 삶에 대해서 후회하지 않고 스스로 삶을 포기하지 않는 것은 사람은 그 자체로 소중하기 때문이다. 큰 업적을 이루고 엄청난 결과물을 얻어야만 소중하고 대단한 사람은 아니다. 사람 그 자체가 소중하고 위대한 것이다.

한 사람 한 사람의 삶 속을 들어가 보면 모두가 사연이 없는 사람은 없다. 때로는 좌절하고 때로는 힘겨워서 쓰러지기도 한다. 하지만 스스로 포기만 하지 않는다면 그때의 힘겨웠던 삶은 세월이 지난 어느 날 뒤돌아서 생각해 봤을 때 '그때는 그랬지.'라고 생각하게 된다. 삶의 여유가 생겨난다. 자신을 바로 보고 자신의 삶을 소중하게 생각하는 것, 그것만이 자신을 단단하게 만들어 주는 양분이 된다.

주변 눈치 보지 맙시다

우리가 살다 보면 각자의 삶의 모습이 각자의 지문만큼이나 다양한 것을 보게 된다. 종종 주변에서 유독 남을 의식하는 사람을 만난다. 주변에 있는 어떤 사람이 큰 성공을 거두고 나 자신보다 훨씬 월등한 능력을 발휘할 때 위축되고 그 사람을 의식하면서 나 자신을 낮추게 된다. 왠지 모를 열등감으로 빠져들 때가 있다.

내가 이렇게 행동하면 다른 사람들은 어떻게 생각할까? 지금의 상태에 있는 나를 다른 사람들은 좋아할까? 하는 생각을 하곤 한다. 다른 사람의 눈치를 보지 말고 자신의 삶을 소중히 생각하고 살아야만 한다. 지금까지 우리가 살아가는 사회가 유지되고 조화롭게 상생하는 것은 각자의 독특한 개성 때문이다. 그런 각자의 역할들이 모여서 큰 공동체를 이루기 때문이다. 삶은 각자의 지문처럼 다양한 형태이다.

남의 눈치를 보고 그 사람을 따라가려고만 한다면 동질감은 느끼겠지만 뭔가 서로를 보완할 수 있는 여지가 없어진다. 코로나19 이후로 온라인상에서 많은 사람이 활동한다. 그 가운데 월등한 능력을 가진 사람들을 보다 보면 어느 순간에 '번아웃'을 겪는 사람들을 보게 된다.

자신이 잘할 수 있는 것. 즐겁고 행복한 것을 통해서 자신만의 콘텐츠로 승부해야만 한다. 자신이 가진 장점을 잘 모르는 경우가 많다. 적어도 자신의 장점을 최적화시킨다면 그것이 다른 사람들이 좋아하고 필요한 콘텐츠로 이어지는 경우 '번아웃'을 이겨 낼 수 있다. '번아웃'은 나에게는 없고 다른 사람에게는 많아 보이는 현상에서 오게 된다. 어떤 사람을 볼 때능력이 넘친다고 느끼는데 자신을 바라보면 부족함을 느낄 때가 있다. 자존감을 가지고 자신만의 콘텐츠를 찾아 나가야만 한다. 책 속에서 아이디어를 얻고 자신을 잘 살펴보고 자신의 장점과 맞물리는 책들을 통해서 강점을 극대화해 나가라. 그 속에서 콘텐츠를 찾고 수익화로 이어 나가라. 자신을 잘 유지하고 지속적인 변화를 통해서 지속적인 수익화를 이루어 내라. 누구도 흉내 낼 수 없는 자신만의 콘텐츠로 '번아웃'을 당당히 이겨 낼 수 있다.

누군가의 눈치를 보지 말고 자신의 개성대로 사는 삶. 그것이 그렇게 쉽지만은 않은 건 사실이다. 특히 우리나라 같은 경우는 1등만을 인정해 주는 사회적인 분위기 때문에 더더욱 그렇다. 주변을 돌아보라. 나 자신을 돌아보라. 우리는 다른 사람보다 월등히 잘 할 수 있는 재능 한 가지 이상은 다 가지고 세상에 태어난다.

'나는 할 줄 아는 게 없어요.', '나는 이런 능력이 없어요.' '나는 이래서 이걸 못 해요.'라고 하는 경우를 종종 만나게 된다. 그 사람을 지켜보면 누구보다도 잘 할 수 있는 것이 있다는 사실을 발견하게 된다. 글을 잘 쓰거나 말을 조리 있게 잘하고 그림을 잘 그리고 운동을 잘하고 음식을 잘 만들고 남을 잘 도와주는 각자의 장점, 자신만이 가지고 있는 장점들은 자신 안에서 적어도 한 가지 이상은 찾을 수 있다.

남의 눈치를 보는 것 그것은 어디부터 시작된 것일까? 스스로 부족하다고 생각하는 '결핍'에서 오는 부담감과 열등감에서 오게 된다. 자신에게서 강점을 찾으며 잘 체크해 보기 바란다. 누구보다도 잘 할 수 있는 것은 발견했는가? 그것을 발전시키고 성장해 나가라. 그러다 보면 누구보다도 월등한 자신의 강점을 갖게 될 것이다.

당당하게 삶을 살기 위해서는 자신에게 가장 의미 있는 것들을 파악하고 우선순위를 정해야 한다. 자신이 원하는 삶을 진정으로 살고 있는지 자신에게 물어보는 것이 중요하다. 자신의 욕구, 신념 및 가치에 따라 삶을 선택하고 있는가? 주변 사람들의 기대와 지나온 과거에 사로잡혀서 삶을 살고 있지는 않는가? 나는 지금 누구의 삶을 살고 있는가?

자신만의 개성을 살리고 자신이 가지고 있는 특성을 살려라. 강점을 살리기 위해서는 시간이 걸리고 많은 시행착오가 있을 수도 있다. 드라마나 TV 광고 등을 통해서 우리는 가끔 "사는 거 뭐 있어. 내 멋대로 사는 거지."라는 말을 들을 때가 있다. 자신의 개성을 가지고 그냥 마음껏 자신의 것을 펼치면서 살기를 바란다. 평생을 누구의 눈치를 보거나 다른 사람에게 맞춰서 살다 보면 스트레스와 여러 가지 정신적인 부분들은 감당하기 어려울 수도 있다.

편한 마음으로 자신이 꿈꾸고 생각하고 이루고 싶은 대로 자신만의 관점에서 자신을 바라보고 살 필요가 있다. "누구 눈치 보고 보지 말고 삽시다." 혼자서 누구 눈치를 보면서 살다 보면 단체생활이나 어떤 조직에서 조화롭게 한 구성원으로서 살아가기가 어렵다. 마음만 먹으면 언제든지 변화할 수 있다. 자신을 바꾸려면 먼저 자신을 잘 이해해야 한다. 자신을 바로 보기 바란다. 남의 눈치 보지 않고 사는 것이 자신의 개성을 살리고 앞으로 나아갈 수 있는 성장의 동력이 된다.

남의 눈치 보지 않고 자신의 삶을 당당히 사는 5가지 방법

1) 인생에서 진정으로 원하는 것을 생각해 본다

많은 사람이 삶에서 자신이 원하는 것을 아는 것이 어려울 수 있다. 자신이 원하는 것이 무엇인지 자신 안에서 찾지 않고서는 자신만의 삶을 당당하게 살 수 없다. 자신이 원하는 것과 자신에게 중요한 우선순위를 정해야 한다. 그런 뒤에 목표를 이루어 간다면 자신을 더욱 성장시킬 수 있다. 어느 곳에서나 당당하게 살아갈 수 있는 힘을 얻는 데 도움을 준다.

Lisa Firestone 박사는 "당신이 원하는 것을 모를 때, 당신은 방향키가 없는 배와 같습니다."라고 했다. 원하는 것을 알고 나면 목적지가 있고 그 방향으로 삶을 설정할 수 있다.

자신에게 질문을 던져 보기를 바란다. 진정으로 원하는 것이 무엇인가? 무엇이 나를 밝게 하는가? 나에게 가장 중요한 것은 무엇인가? 자신이 해야 할 일이나 다른 사람들이 당신이 하기를 바라는 일에 끌려가지 말고 자유롭게 생각할 수 있도록 만들어야 한다.

"당신의 열정을 따르십시오."와 같은 조언은 진부하게 들릴 수 있지만, 연구 결과에 따르면 사람들은 자신의 열정을 따를 때 행복할

뿐만 아니라 선택한 직업과 활동에서 더 뛰어날 가능성이 높다고 한다. 동기부여의 효과에 대한 최근 연구에 따르면 사람들은 외부에서 받는 보상보다 무언가를 하려는 내적 동기가 강할수록 성공할 가능성이 더 높다고 한다. 자신에게 의미 있는 것이 무엇인지 생각해 보는 것이 중요하다.

2) 자신을 차별화해라

각자의 개성과 정체성은 대부분 초기 환경에서 만들어진다. 어딘가에 속해 있거나 누군가를 대면할 때 종종 자기 자신의 생각이나 마음을 나타내기보다는 다른 이들의 성격이나 특성에 맞춰 살아간다. 이런 의미에서 우리는 자신의 삶을 살기보다 다른 사람의 삶을 되살리는 데 더 많은 시간을 보낸다. 자신의 삶을 살고 자기답게 살기 위해서는 다른 사람들과 차별화되어야 한다. 그래야만 자신의 모습대로 살 수가 있다. 세상에 하나뿐인, 자신만이 할 수 있는 것이 있다면 너무나도 좋지 않겠는가? 하지만 그러기는 참으로 어렵다. 적어도 자신의 존재감을 제대로 나타낼 수 있는 차별화된 자신을 찾기를 바란다.

3) 남의 눈치 보지 않고 자신의 개성대로 살기

Robert Firestone 박사에 따르면 자신의 정체성은 자신이 경험하는 대인관계 경험에 의해 평생 영향을 받는다고 한다. 자신이 삶을 살아가는 과정에서 고통과 두려움이 발생할 때 대처할 수 있도록 스스로 그 상황에 적응해야만 한다. 이를 수행하는 한 가지 방법은 부모 또는 가족의 성격 중에서 부정적인 측면을 개선하거나 부정적인 특성에 대해 자신을 일깨우고 벗어나야만 한다. 자신만의 삶을 살고 남의 눈치를 보지 않고 자기 나름대로의 모습으로 살아가기 위해서는 가족 및 사회적 영향으로부터 자신을 차별화해야만 한다. 개인적인 가치와 신념을 갖는 것이 중요하다. 그런 다음 자신의 원칙에 따라 살려고 노력해야 삶에 더 많은 의미를 불어 넣을 수 있다.

지나온 과거의 부정적인 영향과 정체성에서 벗어나야만 한다. 어떤 계기로 자신이 위축되고 소극적으로 변했다면 그 환경과 마음에서 자신을 건져 내야만 한다. 다른 사람들과 자신을 차별화하고 자신만의 정체성을 찾아라. 자신의 개성과 장점을 확실히 살려서 자기계발을 하고 자신만의 스타일 대로 산다면 만족스러운 삶을 살 수 있을 것이다. 부모나 가족, 사회가 규정한 삶보다 자신의 삶을 살길 바란다.

4) 자신의 개성을 드러낼 목표를 설정해라

당신이 원하는 것과 자신이 중요하게 생각하는 삶이 어떤 것인지를 알게 되면, 자신을 위해 몇 가지 목표를 설정하는 것이 중요하다. 자신의 삶을 살기 위해 무엇을 성취해야 할까? 목표를 쓰고 외

쳐보라. 많은 도움이 된다. 이때 너무 큰 것부터 시작하지 말고 아주 작은 것부터 시작해보자. 목표를 달성하기 위해서 취할 수 있는 구체적인 조치에 대해 생각해 봐라. 작게 시작하고 그 과정에서 달성할 수 있는 중간 지점을 설정해라. 예를 들어 다이어트가 목적이라면 칼로리를 줄이고 음식 조절부터 시작하는 것이 그 첫걸음일 수 있다.

연구에 따르면 사람들은 목표를 적어두고 목표를 달성하기 위한 조치를 공식화하고 매주 진행 상황을 주변 사람들에게 알리면 목표를 달성할 가능성이 훨씬 더 높다고 한다. 목표를 효과적으로 달성하려면 이런 방법을 써보는 것도 좋다. 자신의 목표에 대한 책임을 계속 지켜줄 수 있는 누군가가 있는가? 그들에게 도움을 요청하는 것도 좋은 방법이다. 목표를 추구하는 것은 자신의 삶을 사는 데 필수적인 부분이다. 많은 사람은 목표를 달성하기 위해 행동을 취하기보다는 목표를 달성하는 것에 대해 생각만 하고 마는 경우가 많다. Nolan Bushnell이 말했듯이 "샤워를 해본 사람은 누구나 아이디어가 있습니다. 샤워를 마치고 무언가를 하는 사람이 차이를 만듭니다." 행동이 항상 쉬운 것은 아니고 익숙함에서 벗어나 보는 것이 의미 있는 삶을 만드는 지름길일 수 있습니다.

5) 자신 내면의 부정적인 마음을 버려라

남의 눈치 보지 않고 살려면 가장 먼저 만나게 될 적은 비판적인 나의 내면의 목소리다. 비판적인 자신의 내면의 목소리는 우리 마음속에 사는 불쾌한 기분과도 같다. 우리의 최선인 삶에 반대되는 자존감을 감소시키는 부정적인 생각인 것이다. 우리 자신의 최악의 적이다. 우리 내면의 부정적인 생각들은 삶을 살아나갈 때 자신을 부정적으로 평가하고, 실망하게 하고 다음과 같은 생각으로 우리의 욕구를 약화시킨다. "당신은 정말로 그것을 원하지 않습니다.", "당신은 결코 성공하지 못할 것입니다.", "노력할 필요가 없습니다." 우리가 원하고 바라는 것에 대해 지속적으로 부정적인 대답을 한다. 자신의 내면에 있는 부정적인 생각들은 자신을 습관대로 살게 만들고 부정적으로 살아왔던 삶을 '안전'하다고 느끼도록 한다. 세상에 자신의 의지 말고는 이런 부정적이고 소극적인 삶에서 벗어나게 해주는 사람은 없다. 스스로 그 틀을 깨고 당당히 주어진 삶에 맞서서 이겨내는 것만이 자신의 내면의 소리를 이겨내는 방법이다.

내 인생은 나의 것

지금까지 많은 시간 동안 40개가 넘는 자격증에 도전해서 자격증을 취득해 왔다. 자격증을 취득하는 것이 취미가 될 정도로 해보고 싶은 것이 있으면 계속 도전했다. 레크리에이션 자격증을 처음으로, 국가공인 피아노조율기능사, 국가공인 피아노조율산업기사, 국가공인 건축도장(칠)기능사, 국가공인 건축목공기능사, 펀 리더십, 웃음치료사, 노래지도사, 실버레크레이션, 인성지도사, 가족심리상담사, 놀이심리상담사, 진로지도상담사, 도형심리상담사, 한국어지도사, CS지도사, 스피치지도사, 보이스컬러지도사, 독서지도사 등 참 많은 자격증에 도전해서 자격증을 취득했다.

이렇게 멈추지 않고 계속해서 자기계발을 하고 내가 원하는 자격증을 취득했던 이유 중 하나는 하고 싶은 것을 해 보고 실행하려는 강한 의지가 있었기 때문이다. 다른 하나는, 삶은 그냥 멈춰 있으면 멈춰지는 것이라는 생각 때문이었다.

삶을 멈추지 않고 지속적으로 성장하며 살아나가는 나의 방법은 딱 하나다. 계속 도전하고 원하는 결과를 내는 것이다. 그야말로 '내 인생은 나의 것'이다. 주변에서 나에게 물어볼 때가 있다. "또 뭐 배워요? 또 자격증 따세요?" 하는 얘기들을 많이 한다. 그러나 나는 나일 뿐이다. 지금까지 내가 하고 싶은 것은 다 해보고 살았다.

어마어마한 큰 부자는 아니지만 내가 관심이 가는 것, 배우고 싶은 것들은 거의 다 해봤다. 아직도 그 배움에 대한 생각들은 바뀌지 않고 있다. 이번에 취득했던 국가공인 목공기능사 자격증도 20년 전부터 계획했던 것을 실행해서 취득하고 작은 꿈 하나를 이룰 수 있었다. 사회생활을 하거나 살아가면서 자신이 꿈꾸고, 이루고 싶은 것들을 많이 포기하며 산다. 자신이 처해있는 상황에 맞춰서 살아가야 하기 때문에 자신의 꿈이나 목표를 접거나 포기하거나 뒷전으로 미루고 사는 경우가 많다.

이제는 조금의 시간을 내서 공부하고 사전 정보를 입수해 보자. 의지를 계속 가다듬고 파고 들어가다 보면 자신의 목표에 접근하게 된다. 자신이 생각하고, 하려고 했던 것을 누가 대신해 주지는 못한다. 누군가 대신해 준다고 해도 그것이 즐겁거나 행복하지 않을 것이다. 목표를 가지고 자기 것을 해나가다 보면 성취감도 맛보게 되고 월등한 자신의 능력을 발견할 수 있다. 그렇게 되면 자존감도 훨씬 높아지고 삶을 살아나가는 어떤 순간에도 당당하게 자기 자신을 내놓고 열정적으로 살아갈 수 있는 것이다. 특별한 사람만이 그렇게 할 수 있는 것은 아니다. 누구나 마음먹기 나름이다.

물론 혼자 독불장군처럼 살 수는 없지만 남들이 나를 대신해 주고 내 삶을 살아 주는 것은 아니다. 나 역시 그랬다. 여러 가지 집안 환경의 문제들로 인해 고등학교를 졸업하고 대학에 갈 수 없는 성적이 나왔다. 그랬지만 나 자신과의 약속을 20년 후인 마흔 살이 돼서 대학을 졸업하고 대학원까지 졸업했다. 그리고 대학교수가 됐다. 누가 시켜서 된 것은 아니다.

나 스스로 의지를 가지고 내가 꿈꾸던 목표를 향해 끊임없는 노력으로 이루어 갈 수 있었다. '내 인생은 나의 것.' 그야말로 나의 삶은 내가 펼쳐 가는 것이다. 동역자가 있다면 더 좋을 것이다. 내가 목표로 하는 어떤 것이 있을 때, 함께 할 수 있는 누군가가 있다면 훨씬 이루기가 쉽다. 책 쓰기를 하고 있는 지금도 '쓰다 클럽'이라는 글쓰기 모임에서 여러 회원들과 서로의 글을 나누면서 의지를 다지고 있다.

평소에는 회원들과 서로 짧은 글들을 나누고, 일주일에 한 번씩은 긴 글을 올려서 서로 공유한다. 거기에서 서로 피드백을 해주고, 많은 응원을 받으며 글을 써나간다. 그것들이 나의 양분이 되기도 한다. 이렇듯이 자신이 원하고 바라고 목표로 하는 것을 이루려면 자신과 뜻을 같이하는 사람들과 함께 하는 것도 상당히 좋은 방법 중 하나다.

내 삶을 누군가가 대신해서 살아 준다면 그 누군가에게 내 삶을 맡기면 되겠지만 그럴 수는 없는 일이다. 의지력이 약하다면 반복해서 하나씩 탑을 쌓듯이 자신의 목표를 이뤄 보길 바란다. 누가 뭐래도 삶을 살아내는 것은 자신이고 그의 의지를 그 누구도 꺾지는 못한다. 나의 의지로 내 삶을 살아나가는 '내 인생은 나의 것'이라는 생각을 가지고 삶을 살아내는 의지력이 필요하다. 매일 아침마다 날이 밝고 점심이 지나서 다시 고요한 저녁을 보낸다. 이렇게 우리는 반복되는 삶을 살아간다. 길을 잃지 않으려면 무엇을 원하는지? 자기 자신이 하고 싶은 게 무엇인지 생각하고 하나씩 그것을 해 보기 바란다. 앞으로도 나는 평생 내가 배우고 싶은 것, 하고 싶은 것에 끊임없이 도전할 것이다. 그리고 그것은 누구도 말리지 못할 것이다. 왜냐하면 "내 인생은 그야말로 나의 것이기 때문이다."

진정으로 자신을 위해 살면 주변에서 나에 대해 하는 부정적인 이야기들에 귀 기울이지 않게 된다. 우리가 해야 할 일은 다른 사람들이 우리의 삶을 평가하도록 두지 말고 그냥 자신의 의지대로 잘 살아가는 것이다. 때로는 '아니요'라고 말할 수도 있어야 한다. 하고 싶지 않은 일을 하지 않았다고 해서 세상이 무너지지 않는다. 당당히 내 생각을 표현하고, 때로는 동의하고 싶지 않은 것은 거부해도 된다. 때때로 사람들은 고의든 아니든 당신을 불편하게 하거나 화나게 하는 말과 행동을 할 것이다. 도움이 되는 충언들만 들으면 된다.

당신에게 상처 주는 말을 할 수 있는 유일한 사람은 당신뿐이다. 남의 안좋은 말들은 그렇게 신경 쓸게 없다는 말이다. 당신이 누구인지 정확히 자신을 잘 파악하고 자신을 자랑스러워해도 좋다. 자신에게 용기를 주고 '내 인생은 나의 것'이라고 자신감을 갖고 당당해져라.

성장을 원한다면 폭풍 속으로

재난영 화를 보다 보면 큰 재난의 상황에서 주인공이 불 속이나 무너진 건물 잔해 속으로 뛰어드는 모습을 보게 된다. 고립된 사람들을 구출하기 위해서 자기만의 방법으로 위험한 곳으로 뛰어드는 것이다. 실제로 소방관들이나 구조요원들은 물, 불을 가리지 않고 사고를 당하거나 고립당한 사람들을 구출하기 위해서 자신의 목숨을 걸고 사건 현장으로 들어간다. 이렇듯이 우리의 삶도 큰 성장을 하기 위해서는 폭풍우가 몰아치는 자신만의 목표지에 뛰어들어야만 될 때가 있다. 쉽게 성장하고 쉽게 얻어지는 것은 없다.

내가 도전했던 국가공인 목공기능사 시험에서 평생 해보지 않았던 모양으로 톱질을 한다든지, 사선으로 대패질을 한다든지, 구멍을 뚫어서 못질한다든지, 깊이를 맞춰서 끌 작업을 한다든지, 드릴로 뚫는 작업들은 평상시에 했던 작업이 아니었다. 평상시에 썼던 근육과 기술들이 아니었기 때문에 6주간의 혹독한 목공 기술의 폭풍 속으로 들어가서 목공 시험 속에 던져진 나 자신을 구출해야 하는 상황이었다.

이렇듯이 어떤 것을 목표로 하고 그것을 이루려면 폭풍과 같은 목표 속으로 들어가야만 한다. 그 속에서 힘겨운 사투를 벌이고 폭풍 속에서 자신만의 노하우를 쌓고 결국 좋은 결과를 얻어내게 된다. 목표하는 폭풍속에서 도전의 삶 속에서 좋은 결과가 온다. 쉽게 무언가를 얻어냈다면 그것은 쉽게 사라질 확률이 높다.

로또에 당첨돼서 불행해지는 경우를 종종 볼 수 있다. 왜일까? 쉽게 번 돈은 쉽게 쓰게 되고 우리 곁에서 쉽게 사라진다. 힘겨운 폭풍 속으로 들어가서 그 속에서 무언가를 일궈내고 자신과의 싸움에서 이겨내는 그런 과정이 없었기 때문이다. 일상적인 우리의 삶에서 평정심을 유지하고 그대로 살아가면 좋겠지만 우리가 목표로 하는 삶의 결과치를 얻어내는 과정은 참으로 힘들고 어렵다.

직장 생활을 하는 직장인들은 조직 내에서 매일 결과를 내야 하므로 업무에 시달리고 상사들의 눈치를 보기도 한다. 자신의 어떤 능력치를 발휘하기 위해 퇴근 후에도 자기계발에 힘쓰고 주말에도 그 폭풍 속으로 들어가서 자신을 끊임없이 담금질한다. 폭풍 치는 삶 속에서 많은 것들을 얻어내고 결과를 다시 회사로 가져가 자신의 성장에 도움이 되는 결과를 만들어 낸다.

가정생활도 마찬가지다. 주부로서 자녀와 남편의 식사를 준비하고 가족들의 여러 가지 것들을 챙기다 보면 하루가 정말 폭풍처럼 지나갈 때가 많다. 아침을 준비하고 청소하고 점심을 준비하고 집안 정리하고 아이들 챙기고 저녁 준비하고 다시 설거지를 하고 저녁에 잠이 든다. 바쁜 일상 속에서 자신이 찾아가는 행복이 없다면 그 가족을 통해서 정말 폭풍만 남을 것이다. 폭풍 스케줄의 삶을 이겨낼 수 있는 것은 가족이 있기 때문이고 그것들이 양분이 돼서 성장하기 때문이다.

보람을 찾고 행복을 찾아 나가는 모습이 있을 때 '행복한 삶을 살고 있다.'라고 얘기한다. 소용돌이치는 여러 가지 상황들을 견뎌내고 자신의 성장에 필요한 양분들을 얻어 다시 세상 속으로 나와야 한다. 성장을 원한다면 강한 에너지가 필요하다. 폭풍 성장을 원한다면 폭풍 속으로 들어가서 이겨내라. 그러면 분명히 삶은 성장으로 우리를 데려다줄 것이다.

가족과 함께하면 행복해지는 15가지

가족 간의 유대를 강화하는 것이 어려울 필요는 없다. 많은 행복한 추억을 만들고 서로를 더 잘 알아 가고 새로운 방식으로 세상을 경험할 수 있는 재미있는 활동이 있다. 가족이 서로에 대해 조금 더 쉽게 유대감을 느낄 수 있도록 가족과 함께 할 수 있는 재미있는 일 몇 가지를 소개하고자 한다.

1. 보드게임 함께 하기

스마트폰과 실제 보드게임을 활용하여 가족과 함께 보드게임 활동을 진행한다. 보드게임하는 날을 정하고 행복한 추억을 만들 수 있다.

2. 가족과 함께 자동차 극장가기

인터넷으로 검색해 보면 살고 있는 지역에 자동차 극장이 있다.

차량당 가격으로 계산을 하기 때문에 가족이 함께 할 수 있는 자동차 영화 관람은 비용도 저렴한 편이다. 간단한 음식을 싸가거나 매점에서 다양한 먹거리를 사서 함께 문화 활동을 즐길 수 있다.

3. 가족과 함께 책 읽기

독서는 세대 불문 자기계발에 필수다. 정신 자극, 스트레스 해소, 기억력 향상 및 어휘력 향상을 제공한다. 가족의 유대감도 생겨난다. 매일 저녁 자녀에게 책이나 이야기를 해주면 많은 긍정적인 추억을 만들 수 있다.

5. 자녀가 하는 취미 생활을 함께하기

자녀의 비디오 게임을 같이 해도 좋다. 자녀의 취미를 인식하고 함께하면 많은 이점이 있다. 대화 포인트를 알게 되고, 자녀가 좋아하는 문화가 무엇인지 이해하게 되면서 자녀와 소통의 창이 열릴 것이다.

6. 집에서의 영화의 밤 만들기

TV나 사이트 결제 후 다운받을 수 있는 영화를 정하고 영화의 밤을 지정해보자. 팝콘을 준비하고 가족이 함께 볼 영화를 플레이하고 가족이 함께 즐기면 된다.

7. 음식 함께 만들기

빵 만들기나 가족이 좋아하는 음식 재료를 구입하고 하나씩 단계를 밟아서 가족과 함께 만들어 보자. 가족과 함께 음식 만들기는 환상적이고 재미있고 보람이 있다. 가족 활동으로서 자녀의 인격 형성에도 좋다.

8. 산책하기

사람들이 많지 않은 곳을 골라서 가족이 함께 산책하거나 시골로의 여행을 떠나 보기를 바란다. 걷기는 체중 감량, 심혈관 및 폐(심장과 폐)의 건강 증진 등 많은 건강상의 유익이 있다. 가족 구성원과 대화할 수 있는 기회를 제공한다. (애완견이 있는 경우 애완견을 산책시키며 가족은 더욱더 유대감이 생긴다.)

9. 함께 예술적 활동하기

가족이 함께 할 수 있는 악기 배우기, 블록이나 모형 함께 만들기에 도전해 봐라. 악기를 함께 연습하고 연주하면 유대감은 더욱더 깊어진다. 가족끼리 예술적이고 창의적인 면을 이끌어내기를 바란다.

10. 다른 가족들에게 당신의 기술을 가르쳐라

그것이 무엇이든지 당신의 기술을 가족에게 쉽고 재미있게 가르치고 배워보자. 배우는 가족과 자녀는 부모가 하는 일에 대해 존중과 배려의 마음이 생기게 된다. 열정을 공유하는 것은 재미있고 질적으로 생산적인 시간을 함께 보낼 수 있는 좋은 방법이다.

11. 함께 새로운 것을 배워라

물론 완전히 새로운 것을 배울 수도 있다. 미래를 생각하면 웹이나 SNS 운용법을 배우고 가족의 일상을 올려 보거나 가족 블로그, 인스타그램, 페이스북 등을 만들어 봐라. 사진을 함께 찍거나 자녀의 사진을 찍어서 올려 보자. 함께 새로운 취미를 가져 보길 바란다.

12. 가족 디지털 사진첩 만들고 스크랩북 보관하기

가족의 추억을 저장해보자. 추억으로 가득 차기를 기다리는 아름다운 스크랩북을 휴대폰이나 컴퓨터에 디지털 사진첩을 만들어 보자. 가족이 함께 며칠에 한 번씩 업데이트할 수 있다. 시간이 지나서 뒤돌아보고 회상하는 것도 기억에 남는 유대 활동이다.

13. 다육식물이나 화초 함께 키워보기

원예는 휴식을 취하고 보람을 느끼며 아이들에게 자연 세계에 대해 가르쳐준다. 살아있는 실내 정원을 만들기 위해 열심히 가족이 힘을 합쳐서 작은 가족 정원을 만들어 보자. 관찰 일기나 블로그에 진행 상황을 기록하기를 바란다. 심리적 안정감을 제공해 준다.

14. Time Capsule(타임캡슐) 만들기

미래를 위해 남기고 싶은 타임캡슐을 만들어 보자. 가족들의 기억에 남을 물건들을 모아서 밀폐 캡슐에 넣는다. 10년 후에 어떤 추억으로 간직될지 상상하는 기쁨도 크다. 그리고 10년 후, 특별한 날 가족들과 다 함께 그것을 열어 다양한 감정을 나눌 수 있다. 가족의 추억은 가정생활에서 큰 부분을 차지하므로 시간이 지나면 소중히 간직될 수 있다.

15. 피자데이, 치킨데이 정하기

가족이 좋아하는 음식을 배달시키고 함께 나누는 시간을 가져 보자. 바쁘게 살았던 생활들을 나누며 앞으로 나아갈 길을 설정할 수 있고 서로가 힘들었던 부분들을 발견할 수도 있다. 가족은 영원한 내 편이다. 슬플 때나 기쁠 때나 서로를 격려하는 가족의 활동으로 행복한 가족생활을 만들어가자.

"행복은 노력에 의해 만들어지는 것이다."

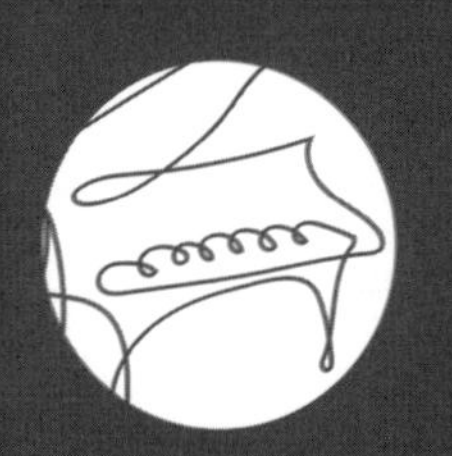

part6

제2의 인생 :

31년 피아노 조율사 1인 기업 되다

나의 삶을 바꾼 1인 기업 & CEO 과정

31년간 피아노 조율사의 삶을 살고 있다. 코로나19라는 복병을 만나면서 연주회가 연기되고 취소됐다. 대학교와 각 학교 수업이 정상적으로 진행되지 못했다. 피아노 조율도 연기와 취소를 반복됐다. 새로운 인생 2막을 준비해야만 했다. 어느 날 피아노 조율을 여러 대 하고 들어온 날 손가락 마디가 쑤시고 어깨가 결리는 상황이 오게 된 나를 보고 아내는 "이제 힘든 일 안 하면 안 돼?"라고 했다. 그 순간 망치로 머리를 두들겨 맞은 느낌을 받았다.

31년 동안 해온 피아노 조율은 나에게 천직이기도 하다. 앞으로도 피아노 조율사로 살아가겠지만 인생 2막을 준비하면서 하나씩 또 다른 삶에 대해서 고민하지 않을 수가 없었다. 어느 날 아내는 1인 기업 & CEO 과정의 김형환 교수님께 1:1 무료 코칭을 받을 기회가 생겼다며 함께 가자고 했다. 연락을 드려 날짜를 정했다. 교수님은 질문할 것을 미리 보내 달라고 하셨다. 앞으로의 삶에 대해서 1:1 코칭을 받고 싶은 내용들을 정리해서 보냈다. 기대되는 마음으로 상담 날짜를 기다렸다.

1:1 코칭을 받는 날, 역삼동으로 향했다. 주차를 하고 1층 로비를 통해서 사무실로 향했다. 아내는 먼저 들어가 김형환 교수님과 얘기를 나누고 있었다. 잠시 후에 코칭 장소로 들어갔다. 아내와 김형환 교수님은 밝은 표정으로 얘기를 나누고 있었다. 어떤 얘기를 나누는지 모르겠지만 얘기가 끝나고 나에게만 교수님은 여러 가지 질문들을 하셨다. 하나하나 답변을 했다. "31년 피아노 조율하셨으면 대단하시네요. 그런데 어떤 게 궁금하세요?"라고 질문하셨다. "31년을 피아노 조율을 했는데 앞으로 인생 2막을 준비할 콘텐츠를 어떻게 만들면 되는지가 궁금합니다." 교수님은 1인 기업 & CEO 과정 89기가 곧 진행될 예정이니까 거기에 들어와서 제대로 배우라고 했다.

코칭 받는 동안 좋은 조언들을 많이 해 주셨다. 1시간 동안 진행된 1:1 코칭은 사진 한 장을 남기고 그렇게 즐겁게 마무리됐다. 엘리베이터 앞에서 교수님은 밝은 표정으로 우리를 배웅해 주셨다. 차를 타고 오면서 아내와 진지한 대화를 나눴다. 1인 기업 & CEO 과정에 들어가는 게 좋을까? 아내는 적극 찬성했다. '일주일만 생각해 보자.'고 이야기하고 진지하게 다음 대화를 이어 나갔다. 무엇을 하면 잘할 수 있을까를 묻자 아내는 "강의를 해도 잘하고 사람들하고 대화도 잘 되고 말하는 것도 잘하니까 일단 1인 기업 & CEO 과정을 수료하고 나서 결정해도 좋지 않을까?"라고 한다.

31년간 피아노 조율사의 삶을 살면서 그동안 강사가 될 준비를 해 오긴 했다. 교수가 되기 위해서 대학 4년, 대학원 3년을 열심히 다녔었고 졸업을 했다. 그동안 사회생활을 하면서 스피치, CS 강사 자격증, 보이스 컬러 지도사 등 강사의 자질을 갖출 수 있는 준비를 해 왔다. 그동안 나름대로 자기계발에 힘써 오기는 했다. 지금까지 배우면서 인풋만 하고 아웃풋은 없었다. 피아노 조율이 나의 직업이었기 때문에 한곳에 집중하고 어느 정도 단계에 오를 때까지 열심히 삶을 살아왔다.

1인 기업 & CEO 과정은 코로나19 상황이어서 줌 온라인으로 수업이 진행됐고 일부만 오프라인에서 진행됐다. 그룹 코칭과 수료식은 오프라인에서 진행된다고 했다. 1인 기업 & CEO 과정이 시작됐다. 유튜브 실시간 방송과 줌(zoom)으로 서로 소통하면서 김형환 교수님께서 알려 주는 여러 가지 팁을 미리 받은 바인더에 정리도 하고 미션을 수행했다. 하나하나 나 자신을 점검해 나가고 지나온 삶도 되돌아볼 기회가 됐다.

교수님은 살아오면서 핵심으로 생각하는 가치 세 가지를 쓰라고 했다. '성실, 최선, 기술'이라는 세 가지의 핵심가치를 적었다. 성실히 일해 왔고 피아노 조율만큼은 최선을 다해 왔다. 피아노 조율 기술에는 나름의 자부심과 열정을 다해왔다. 자신의 사명과 비전에 관해서도 쓰라고 했다. 자신이 어떤 사명을 가지고 앞으로 살아갈 것인지에 관해서 쓰고 향후 5년 후의 비전을 쓰라고 했다. 몇 번에 걸쳐 수정하고 바인더에 적었다.

5주 과정인 1인 기업 & CEO 과정은 한 주 한 주 지날수록 큰 파장을 일으키며 다가왔다. 과거의 삶을 되돌아보고 앞으로의 삶도 생각할 수 있는 절대적인 계기가 됐다. 처음 이틀은 매일 수행해야 하는 과제들을 수행하지를 못했다. 하지만 큰마음을 먹었다. 여기에서 수행해야 하는 과제들을 끝냈을 때 내 삶의 제2막의 콘텐츠와 아이디어들이 떠오르고 맥이 잡힐 것 같은 느낌이 들었다. 피아노 조율과 다른 일들을 병행하면서 1인 기업 & CEO 과정의 과제들을 매일 카페에 올려야 되는 미션을 수행했다. 이틀을 제외하고는 5주간의 과정 동안 빠지지 않고 과제를 제출했다.

교수님은 "자신을 알지 못하고는 아무것도 하지 말라"라는 말씀을 하셨다. 참 충격적인 이야기였다. 그 말 이후로 나 자신을 더 많이 되돌아보게 됐다. 자신이 잘할 수 있는 것들이 무엇인지 모르고는 아무것도 하지 말라는 말이다. 부모님으로부터 받은 타고난 강점들을 살려서 현재 하고 있는 일에 적용하라는 것이다. 자신의 핵심 가치를 가지고 사명과 비전을 수행하라는 말이다. 하나씩 앞으로의 삶에 대해서 무엇을 해야 될지 감이 잡히기 시작했다. 50대 초반인 나이에 앞으로의 삶에 대해서 고민하고 그것이 진행되는 과정에서 내가 어떻게 살아가야 할지를 알게 해 주었다. 1인 기업 & CEO 과정은 나의 삶을 바꾸는 계기가 된 프로그램이다.

자신의 MBTI를 체크하는 시간이 있었다. 나는 나의 MBTI 검사를 끝내고 '이거 참 신기하다.'는 생각이 들었다. 성향과 강점들을 그대로 찾아내는 MBTI 검사는 CS 강사 자격증을 딸 때 배웠던 적이 있다. 그때도 신기했는데 다시 한번 그때의 느낌을 받을 수 있었다. 과정 중에 자신이 읽을 도서 목록 리스트 작성과 매일매일의 계획들을 적어 나갔다. 바인더 작업과 자신이 매일 해야 하는 것들을 적어 놓은 과제 수행 체크리스트도 수행해야 했다. 과정 중에 미션으로 도서관이나 서점에서 혼생샷(혼자 조용히 생각하는 사진)을 찍어서 올리기도 했다. 가족과 지인과 함께 책 읽는 사진 올리기도 했다. 평상시에 피아노 조율사인 기술자로 살던 나의 평상시 모습과는 좀 다른 과제들을 수행해 보았다.

나만의 콘텐츠를 찾기 위해서 책을 읽기 시작했다. 그렇게 읽기 시작한 책들이 권수가 늘어나면서 다독을 해야 되겠다는 생각이 들었다. 콘텐츠와 좋은 아이디어를 찾아내기 위해서는 다독이 필요했던 것이었다. 다독을 통해 나의 강점도 다시 한번 찾을 수 있었고, 핵심 가치를 가지고 나의 사명과 비전을 이루며 인생 제2막을 열 수 있게 해 주었다.

교육 때 배운 것들은 나에게 소중한 인생 한자리를 차지하고 있다. 그렇게 5주간의 과정을 끝내고 수료식이 진행됐다. 밝은 얼굴로 수료증을 받고 1인 기업이 됐다. 지금은 1인 기업이 넘치는 시대가 되었다. 특히 온라인상에서 활동하는 1인 기업이 많이 늘어나고 있다. 그 속에서 나만의 강점을 살려서 제2의 인생 2막을 제대로 살아나갈 수 있는 콘텐츠를 만들 것이다. 아내와 힘을 합쳐서 행복한 삶을 브랜딩 하는 일, 많은 사람과 다양한 콘텐츠를 만드는 일, 그것이 앞으로의 나의 사명이고 비전이다.

자신의 인생에서 누구를 만나느냐는 삶의 순간순간에 너무나도 중요한 사건이 된다. 그 순간을 통해서 스스로 느끼고 목표를 점검하고 다시 시작한다. 그런 자신을 점검하는 지점과 시간들이 없다면 자신의 목표를 이루기에 어려움을 겪을 수 있다. 적어도 일주일에 하루, 하루에 30분에서 1시간만이라도 자신의 공간과 자유로운 발상을 할 수 있는 시간을 갖기 바란다. 그때 비로소 자신을 되돌아보고 다시 앞으로 나아갈 수 있기 때문이다. 쉬는 것을 잘하는 것도 실력이다.

나를 바꾼 국민 멘토
김형환 교수

삶을 살아가면서 나에게 큰 영향을 준 사람들이 있다. 학교 다닐 때 선생님, 대학교, 대학원 시절 교수님들에게도 큰 영향을 받았다.

피아노조율사협회 활동을 하면서 함께 했던 회장님들 고문, 자문위원님들, 이사님들, 많은 동료, 선후배들에게 피아노조율사로 삶을 살면서 많은 영향을 받았다. 삶의 목표를 설정하는 데 큰 영향을 준 사람은 1인 기업 & CEO 김형환 교수님이다. 김형환 교수님은 아내와 함께한 1:1 코칭에서 직접 만난 것이 처음이었다.

1인 기업의 아버지라고 불러도 될 만한 분이다. 많은 1인 기업을 배출했고, 프로과정이라는 프로그램으로 그들의 콘텐츠를 확실히 만드는 길을 열어 주고 있다. 처음 교수님을 봤을 때는 당찬 모습에 단호함이 있는 모습이었다. 중국에서 마케팅과 영업을 하셨다고 했고 독서모임 리더로 활동하신 경력이 있었다.

1인 기업 & CEO 과정에서 1인 기업가들을 교육하고 배출해내는 일도 하시지만 1인 방송 유튜브 방송인이기도 하다. 다양한 채널로 많은 사람들의 고민 상담도 하고 갈 길을 열어주는 일도 하고 있다. 우리에게 사명과 비전을 심어준 김형환 교수님은 1인 기업들을 배출해내는 것이 자신의 사명이라 생각하는 분이다. 삶의 철학이 담겨 있고 자기 자신을 알지 못하면 아무것도 하지 말라고 우리에게 조언한다. 김형환 교수님은 지금까지 살면서 한 가지를 끝까지 하는 건 제일 자신 있다고 했다. 1인 기업 & CEO 과정 진행과 방송 유튜브도 마찬가지다. 특히 10분 경영이라는 동영상들을 오랫동안 올리고 있다. 10분이라는 짧은 시간 안에 3가지 포인트를 가지고 마케팅, 영업, 자기계발 등의 1인 기업들에게 도움이 될만한 내용이

들어있다. 그리고 목표 설정은 어떻게 하는지, 어떻게 하면 경제적인 이윤을 창출할 수 있는지 등 다양한 내용으로 수백 개의 영상을 찍어서 올린다. 그것을 편집하고 우리가 볼 수 있게끔 자료로 만들어 놓으셨다. 참 놀라운 일이다.

한 개인이 이토록 한 분야에 집중해서 결과물을 낸다는 것은 존경할 만한 일이다. 나 역시 1인 기업으로서 그 성실함과 끊임없는 노력을 닮아가고 있다. 피아노 조율사로서 성실하게 31년을 살아왔다. 인생 후반전에 시작하는 1인 기업. 어떤 모습으로 살아갈지 기대가 된다. 앞으로의 삶이 어떤 방향이든지 끝까지 조금씩 진지하게 살아내는 성실함은 꼭 닮고 싶다. 무엇을 하든지 신중하게 시작하고 한 가지를 시작하면 끝까지 하는 것이 나의 인생의 목표이기도 하다. 김형환 교수님은 참 다양한 모습으로 나에게 다가왔다. 1인 기업 & CEO 과정 89기를 수료하고 많은 동기들과 서로 윈윈 하면서 온라인상에서 서로 도움을 주고받고 있다.

성장하는 과정에서 동기로서 많은 도움이 되는 것이다. 김형환 교수님은 "1인 기업은 서로 경쟁하지 않습니다."라는 말을 했다. 경쟁하는 대신 각자가 가진 강점들을 퍼즐을 맞추듯이 서로 도와주면서 성공적인 1인 기업으로 살아가라는 말이다. 1인 방송에서 또는 1:1 미팅에서 상대방을 정확히 파악하는데 탁월한 능력을 가진 분이다. 상대방의 이야기를 듣고 분석하고 질문할 때 정곡을 찌르는 어드바이스에 눈물을 쏙 빼고 나오는 사람이 많다고 한다. 89기 과정 1:1 코칭과 그룹코칭 때 강점과 약점, 앞으로 가져가야 될 것들을 정확히 얘기해 주셨다. 나에 대해 정확하게 판단하시고 길을 가르쳐 주시는 교수님의 말씀과 어드바이스에 참 많이 놀라곤 했다.

지금까지 상담하고 코칭 하면서 많은 경험이 쌓여있다는 생각이 들었다. 상대방을 판단해서 앞으로의 삶을 잘 살아 낼 수 있도록 말이다. 1인 기업들에 양분이 될 수 있는 좋은 진로 코칭을 해 주신다. 한 마디 한 마디가 뼈가 되고 살이 됐다. 교수님의 조언을 받아들이고 그대로 조금씩 실행하고 살다 보면 성과가 나오고 삶의 모양새를 갖춰 갈 때가 있다. 나 또한 시간이 지나서 인생 2막을 열고 누군가를 상담하거나 코칭을 한다면 김형환 교수님께 받았던 그런 1:1 코칭이나 교육에서의 느낌을 잘 살려서 상담해야겠다는 생각을 하곤 한다.

거칠게 말씀하시는 것도 아닌데 상담 끝에 울고 나오는 사람들이 있다. 자신의 지나온 과거나 현재의 상황들을 너무나도 잘 얘기해 주고 답을 주기 때문일 것이다. 1인 기업으로 시작하는 과정에서 첫 번째 만난 스승이자 1인 기업의 아버지 김형환 교수님. 앞으로도 스스로 좌절하고 힘겨워하는 많은 이들에게 좋은 상담자가 되고 많은 사람들에게 선한 영향력을 끼칠 김형환 교수님의 건강과 상담, 코칭을 응원한다.

누군가의 멘토가 된다는 것은 자신의 삶의 경험과 실패를 성공으로 바꾼 경험들을 나누고자 하는 사명이다. 나 또한 가슴 아프고 어려운 환경에 놓일 때가 있었다. 삶 속에서 좌절하고 멈춰 있다면 미래의 나는 없다. 자신의 꿈이 있다면 끝없이 찾고 자신을 점검하고 멘토를 찾아 그에게 조언을 구해보자. 삶의 길을 조금 더 쉽게 찾을 수 있을 것이다.

나행복조율 / 브랜딩연구소
'부부1호 행복성공메신저'가 되다

아내는 나보다 먼저 온라인상에서 유료, 무료 강의들을 들으면서 다양한 활동을 하고 있었다. 양질의 강의들을 들으면서 자기만의 노하우를 쌓아가고 있었다. 3P 바인더 과정과 많은 프로그램에 참여하면서 조금씩 성장해 가고 있었다. 그러던 중, 1인 기업 & CEO 과정 89기 수료를 앞두고 5주의 과정 안에 5명 이상의 멘토 인터뷰 미션이 있었다.

첫 번째 멘토로 해외 마케팅 전문가 노윤호 멘토를 만났다. 마침 피아노를 외국으로 수출하는 계획을 갖고 있었기 때문에 인터뷰를 신청했다. 동남아 해외 영업을 오랫동안 해온 전문가라 역시 달랐다. 동남아의 해외 마케팅적인 상황과 주의점들을 자세히 들을 수 있었다. 현지에 직접 가서 시장조사를 철저히 하지 않고는 해외 영업은 절대로 하지 말라는 지론이었다. 정신이 번쩍 들었다. 그 한마디에 피아노 수출은 신중하게 고려해 보기로 했다. 인터뷰 미션 시간으로 정해진 1시간가량의 인터뷰를 잘 마쳤다.

그 후로 블로그 전문가 이경미 대표, 베트남 비즈니스 전문가 이지연 대표, SNS 마케팅 전문가 이승민 대표, DID 마스터 송수용 대표, 습관코치 박현근 코치 이렇게 5명의 코치를 인터뷰했다. 각 분야의 전문가들과 인터뷰를 하는 과정에서 많은 것을 느끼고 배울 수 있었다. 멘토가 될 수밖에 없는 이유들을 알 수 있었다. 마지막 다섯 번째 인터뷰할 멘토는 박현근 습관코치였다. 인터뷰를 잡기 위해서 연락을 하고 얼마 후에 날짜와 시간을 통보받을 수 있었다. 정한 날짜에 일곱 명의 동기들과 함께 인터뷰를 했다. 1인 기업 & CEO 과정 89기 동기 단톡방에 공지를 남겼다.

나를 포함한 7명의 동기들이 신청했다. 일곱 명이 인터뷰를 요청했다고 연락을 했다. 다시 한번 날짜와 시간을 체크하고 인터뷰 날짜를 기다리고 있었다. 인터뷰 당일 다른 업무들을 마무리하고 시간에 맞춰서 강남에 있는 사무실로 향했다. 주차를 하고 약속시간 바로 직전에 벨을 눌렀다. 미리 도착한 동기들이 앉아 있었다. 반갑게 서로 인사를 하고 빈 의자에 앉았다.

인터뷰를 신청할 때 첫 번째 신청한 사람이 리더가 돼서 전체 인터뷰를 이끌어 가는 리더가 되어야 했다. 박현근 코치와 인사를 하고 인터뷰를 신청하게 된 이유와 궁금한 점들을 각자 얘기하는 게 좋겠다는 의견이 많았다. 한 명씩 순서대로 궁금한 것들을 질문했고 박현근 코치는 질문에 답을 했다. 그때마다 연결되는 대답을 서재에 꽂혀 있는 책들과 옆에 놓여 있는 바인더를 펼쳐서 적절한 답을 해 주었다. 인터뷰는 편안하고 즐거운 분위기에서 잘 마무리됐다. 선물로 준 책을 한 권씩 들고 함께 사진을 찍었다.

다년간 써왔다는 바인더는 표지가 반질반질할 정도로 손때가 묻어 있었다. 정리해 놓은 서브 바인더들은 분류가 잘 되어 있었다. 독서한 책들은 갖가지 색상의 형광펜들로 줄긋기가 돼 있었고 메모도 잘 돼 있었다. 서재의 책과 바인더는 고서를 보는듯한 느낌마저 들었다. 그간의 노력과 정리의 흔적이 확연히 보였다. 한 명씩 책 선물을 주고 함께 사진을 찍었다. 인터뷰를 잘 마무리할 수 있었다. 인터뷰는 나에게 여러 가지 인사이트를 주었다.

얼마 후 박현근 코치에게 1:1 코칭을 신청했다. 약속 날 30분 전에 사무실 근처에 도착해서 편의점에 들러서 휴지 한 묶음을 샀다. 옛날 사람 같지만 처음 가는 사무실이나 방문하는 곳의 일이 술술 잘 풀리라는 마음을 담아서 간단한 선물로 준비하는 오랜 나의 습관이다.

미리 사무실 앞에서 기다리고 있었다. 잠시 후에 박현근 코치가 도착했다. 서로 컴퓨터 모니터 앞에 앉아서 싱크와이즈를 켜고 마인드맵으로 내가 궁금한 것들에 대한 코칭 내용을 시작하면서 정렬해 나가기 시작했다. 마인드맵에 이름을 적고 가지를 뻗으면서 잘 할 수 있는 것과 어떤 것들을 해야 되는지 작성했다. 다시 가지를 뻗어서 내가 할 수 있는 콘텐츠로 마인드맵을 정리해 주었다. 31년간 피아노 조율만 했던 나에게 강점을 살릴 몇 가지 팁을 주었다. 코칭이 끝나기 직전에 "오픈 채팅방을 먼저 개설하세요. 거기에 콘텐츠를 집어넣고 무료특강이라도 하나씩 하나씩 올려 보세요." 당장 내 핸드폰으로 개설을 해 주었다. 그때 만든 단톡방에서 지금 현재 500명 가까운 인원이 함께 활동하고 있다.

퍼스널네임도 만들어 주었다. 피아노 조율사인 직업을 연상케 하는 '인생 조율사'가 그것이었다. 31년 동안 일했던 피아노 조율사와 너무 잘 맞는 퍼스널네임이었다. 앞으로 나만의 콘텐츠로 1인 기업을 통해 수익화를 하면 되겠다는 생각이 들었다. 1인 기업인으로 새로운 힘을 얻을 수 있었다.

1시간의 1:1 코칭이 끝나고 엘리베이터 앞에서 헤어질 때 박현근 코치는 나를 보고 한 손을 올려 주먹을 불끈 쥐고 "파이팅! 실행이 답이다!"라고 했다. 엘리베이터 문이 닫히고 여운이 남았다. 이민규 저자의 책 〈실행해 답이다〉에 나오는 문구였다. 그야말로 실행만이 답인 것이 확실했다. 얼마 후에 아내와 함께 '나행복조율 / 브랜딩 연구소 부부1호 행복메신저' 로 활동을 시작했다. 지금은 사람들에게 다양한 콘텐츠를 통해 행복을 전하는 '부부1호 행복성공메신저'로 활동하고 있다. 함께 하는 많은 사람이 행복해졌으면 좋겠다.

세상에는 우연은 없다. 코로나19로 피아노 조율들이 연기와 취소가 반복되면서 시간의 여유가 생겼고 그사이 나는 1인 기업을 수료했다. '나행복조율연구소' 오픈채팅방을 개설하고 콘텐츠를 만들고 활동하게 되었다. '부부1호 행복성공메신저'로도 활동하고 있다. 삶에는 누구나 사명이 존재한다. 자신의 사명이 무엇인지 알아내고 그것을 통해서 다른 누군가의 삶에 도움이 되는 삶. 그것이 의미 있는 인생이 아닌가 싶다.

1인 기업을 만나다

첫 번째 만난 1인 기업은 '생존따라쟁이연구소' 김일 소장이다. 1인 기업 활동을 시작하면서 해야 될 것도 많고, 공부해야 될 것도 많았다. 탄탄한 길이 펼쳐진 것은 아니었다. 그럴 때마다 어려운 점과 현재 상황에 대해 이야기한다. 그때마다 본인의 경험과 또 먼저 시작한 1인 기업으로서 느꼈던 것들을 하나하나 이야기해 주었다.

사회생활을 하면서 많은 사람을 만났지만 비빌 언덕이라고 생각한 사람은 그렇게 많지 않았다. 같은 길을 걷고 있는 1인 기업인으로서 여러 가지 것들을 나누면서 한 길을 걸어갈 수 있다는 것은 참 마음 든든한 일이다. 1인 기업인으로 살아가는 나에게 먼저 1인 기업으로 살고 있는 선배와 함께하는 것은 앞으로 나아갈 힘이 된다.

삶에서 생존해 내기 위해서 먼저 성공한 사람들을 따라 하는 삶을 산다는 의미에서 '생존따라쟁이연구소'라는 이름을 지었다고 한다. 스스로 1인 기업으로 살아남아야만 한다. 1인 기업 & CEO 과정의 김형환 교수가 "1인 기업은 서로 경쟁하지 않는다."라고 한 말을 지키고 있는 김일 소장이다. 서로 경쟁하지 않고 경쟁력 있는 자신의 콘텐츠를 구축하고 많은 이들에게 영향을 끼치는 존재로 사는 것도 1인 기업의 사명이다. 그는 이미 많은 것들을 일궈냈다. 그의 '생존따라쟁이연구소'라는 이름처럼 먼저 1인 기업의 길을 걸어 나간 이들과 함께하는 것도 앞으로의 삶에서 많은 도움을 준다.

삶에서 어려움을 겪을 때 손 내밀어 주고 손잡아 주는 누군가가 있다는 것은 행복한 일이고 감사한 일이다. 나 또한 김일 소장처럼 많은 이들에게 선한 영향력을 미치는 사람으로 살아가려고 한다. 한 길을 걸어가는 1인 기업으로서 형제처럼 의지하면서 앞으로도 남을 돕는 메신저의 삶을 함께 살고자 한다.

"부자가 되려면 부자의 행동을 따라 해라.", "성공하려면 성공한 사람의 행동을 따라 해라."라는 말이 있듯이 어떤 길을 갈 때 먼저 성공한 선배들을 벤치마킹하고 따라가 보는 것이 성공 확률을 높이는 일이다. 하지만 철저한 사전 조사와 자신의 강점과 약점, 성향을 파악해서 실패의 확률을 줄여 가다 보면 성공의 길로 접어들게 될 것이다. 성공한 누군가를 따라 해 보기를 권한다.

두 번째 만난 1인 기업은 '진계중습관계발연구소' 진계중 소장이다. 비가 촉촉이 내리는 날, 안산에서 오산까지 시원하게 고속도로를 타고 차로 진계중 소장을 만나러 갔다. 내비게이션에 있는 대로 고속도로를 나와서 한적한 사거리를 지나서 약속 장소로 향했다. 주차장에 주차를 하고 우산을 쓰고 1층 입구로 들어섰다. 우산꽂이에 우산을 가지런히 꽂아 놓고 왼쪽에 보이는 사무실로 향했다. 노크를 하고 반갑게 먼저 인사를 건넸다. 반갑게 맞아 준다.

주변을 돌아보았다. 사무실에는 많은 책들이 있었다. 사무실 맞은편에도 책들이 있었다. 많은 책들 속에서 다양한 정보를 얻고 많은 인사이트를 얻었겠다는 생각이 들었다. 건네주는 음료수를 받아 들고 개인적인 질문들을 주고받았다.

"어떤 일을 하시는 분이세요?"

"31년 동안 피아노 조율사로 일을 했고 지금은 온라인상에서 여러 가지 교육을 받고 콘텐츠를 만들어 내려고 준비 중입니다."

"전공은 어떤 걸 하셨어요?"

"저는 실용음악과 예술경영을 전공했습니다."

"우리 아들도 실용음악을 전공했고 기타리스트로 활동 중입니다."

"책이 많은데 어떤 종류의 책들을 많이 읽으세요?"

"요즘은 건강에 대한 책이나 은퇴 후에 해야 될 콘텐츠들의 아이디어를 찾을 수 있는 책들을 읽고 있습니다. 그럼 어떤 게 고민되세요?"

"저도 피아노 조율사 이후의 삶을 어떤 콘텐츠로 진행해 나가면 좋을지 고민이 됩니다. 그래서 요즘 책들을 많이 읽고 있고, 다독을 하면서 저만의 독서법을 콘텐츠로 만들려고 합니다."

"그렇군요. 독서법은 경쟁력도 있고 하시면 잘하실 것 같아요."

용기가 생겼다. 자신이 하려고 하는 것이 있을 때 누군가가 그것을 '잘하실 것 같아요.'라고 이야기해 준다면 용기가 생길 것이다.

1인 기업 & CEO 과정을 수료하고 다양한 콘텐츠들을 배우기 위해서 노력을 해 왔고 은퇴 후의 삶을 탄탄하게 준비 중이라고 했다. 식사를 하면서 다양한 얘기들을 많이 나눴다. 편안한 식사 자리였다. 오랜만에 큰형을 만나서 대화하는 것 같은 느낌을 받았다.

그는 예전부터 자기계발에 관심을 두고 에버노트, 3P 바인더, 싱크와이즈 마인드맵 등을 사용해 왔다고 했다. 그야말로 얼리어답터였다. 이제 막 1인 기업으로 활동을 시작한 나로서는 진계중 소장의 여러 가지 모습을 보고서 느끼는 바가 많다. 편안하게 사람을 대하는 모습, 책에서 많은 지식을 얻고, 콘텐츠로 만들고, 자신의 남은 삶을 위해서 하나씩 준비하는 모습이 본받을 점이었다. 진계중 소장은 나에게 또 다른 인상을 남겼다. 먼저 1인 기업 선배로서 길을 열고 살아가고 있는 진계중 습관개발연구소장. 앞으로 제2의 삶도 건강하고 좋은 콘텐츠로 멋진 삶을 살아가길 응원해 본다.

현재의 삶에 안주하고 삶을 멈춰 놓는 게 아니라 끊임없는 노력과 자기계발로 삶을 앞서 나간다면 언제나 자신이 원하는 삶으로 전진해 나갈 수 있는 것이다. 노력 없이 공짜로 얻어지는 것은 아무것도 없다. 조금씩 앞으로 나아가길 바란다.

세 번째 만난 사람은 '온라인마케팅연구소' 이진호 원장이다. 안동에서 거주하면서 태권도 도장을 운영한다. 여러 가지 상황 속에서 지금은 태권도 도장을 운영하면서 온라인상에서 마케팅과 블로그 마케팅이라는 자신만의 콘텐츠를 구축하고 많은 사람들에게 영향을 미치고 있다.

차로 먼 거리를 이동할 때는 1:1 무료 코칭을 전화로 직접 받아주기도 한다. 1인 기업인으로 태권도장을 운영하는 태권도인 이진호 원장. 온라인상에서 마케팅과 블로그 마케팅을 직접 알려준다. 1인 기업인이 된 많은 사람들에게 무도를 가르치듯이 1인 기업으로 살아남을 수 있는 비법들을 가르쳐 주고 강의해 준다.

그의 강의는 반복해서 들어도 재밌는 강의들이 참 많다. '나도 저런 강의 콘텐츠를 만들어서 좋은 아이디어로 녹여내야 될 텐데...' 하는 생각을 할 때가 있다. 1인 기업으로 살아가는 요즘 가장 고민은 아이디어와 콘텐츠를 가지고 있음에도 불구하고 그것을 마케팅

하는 것이 어렵다. 그런데 이진호 원장은 그런 것들을 술술술 풀어서 '이렇게 해 보세요. 저렇게 해 보세요.' 하면서 가르쳐 준다.

1인 기업을 시작하는 사람들을 도우려고 노력하는 이진호 원장의 모습에서 앞으로 1인 기업인으로서 내가 살아갈 길들을 배우게 되었다. 본인이 운영하는 커뮤니티에 동영상 하나가 올라왔다. 아이들과 집 앞마당에서 캠프파이어를 하고 있었다. 아이들은 너무 들떠 있었고 분위기는 자연스러웠다. 거기에 많은 사람들이 댓글을 달았다. '대단한 아빠세요.', '아이들이 너무 좋아하겠어요.' 그렇게 가족들을 사랑으로 챙기고 아이들을 잘 키우고 있는 것 같다.

많은 1인 기업인들에게 마케팅에 대해서 자녀를 양육하듯 세세하게 그의 노하우를 아낌없이 전달하고 있다. 앞으로도 1인 기업인으로서 더욱더 성장하고 발전하길 바라는 마음으로 응원의 박수를 보낸다.

트렌드 코리아 2021에 보면 우리는 이미 '멀티 페르소나 시대'에 살고 있다고 한다. 자신이 하고 있던 일이 아닌 전혀 다른, 때로는 연장선상에서 일을 한다. 여러 가지 콘텐츠로 아이디어를 내고 운영해서 수익을 낸다. 한 가지의 일을 평생 하는 것도 좋지만 자신의 강점을 살려서 다양한 콘텐츠를 만들고 끊임없이 노력하고 전략적으로 실행하면서 즐겁게 일해 나가기를 바란다.

1080CR(Crazy Reading) 독서법 : 1시간 안에 2권~10권 책 읽기

1인 기업이 되고 나서 가장 큰 목표는 시작하는 첫달 안에 100만 원 이상의 수익을 내는 것이었다. 어떤 콘텐츠로 수익을 낼 것인지 많이 고민해야 했다. 먼저 1인 기업으로 활동하는 선배들에게 조언을 구하고 여러 가지 콘텐츠를 책에서 찾기로 하고 책 읽기를 시작했다. 읽은 책들의 양이 점점 늘어나기 시작했다. 내가 아이디어를 얻고 콘텐츠를 찾는 유일한 방법은 책인데 책 읽기 속도가 나지 않았다. 더 많은 책을 읽기 위해서는 특단의 조치가 필요했다.

그러던 중에 독서법 책들을 사기 시작했다. 양은 점점 늘기 시작했고 전문 리딩센터에서 독서 스킬을 배워야 되겠다는 마음을 굳히고 코칭을 받았다. 최초 체크한 독서량은 1분당 1,040자였다. 4시간 전후로 1권 읽기가 가능한 정도였다. 매일 독서력을 체크하고 독서력을 증가시켰다. 매일 읽는 책들은 엄청나게 늘어났고 속도도 빨라지기 시작했다. 조금씩 성장을 거듭하면서 수료할 당시 1분당 1만 자를 읽는 기적 같은 일이 일어났다. 책을 읽는 기적을 맛보고 다독의 세계로 접어들게 됐다. 30분에 한권 읽기가 가능했다.

책을 읽는 속도와 책을 읽는 양은 점점 많아졌고 1분당 2만 자, 4만 자, 5만 자, 6만 자, 9만 자, 13만 자. 현재는 최고 15만 자의 독서력으로 독서를 한다. 1분 20초~5분 안에 1권의 책을 읽는다. 여러 권의 책을 놓고 읽고 그 속에서 공통된 내용들을 뽑아내는 작업이 필요했다. 하지만 책 읽는 속도가 빨라지면서 한 번에 여러 권을 읽을 필요가 없어졌다. 한 권의 책을 읽는 데 5분이 걸리지 않았다. 책장에는 독서법에 관한 책들이 채워지고 있었다. 쓸어 담듯이 책을 읽기 시작했다.

수백 권의 책 읽기를 하면서 나만의 특별한 독서법과 스킬이 생기기 시작했다. 뇌와 다중감각을 사용해서 읽었을 때 가장 오래 기억에 남을 수 있었다. 기존의 속독법과 달리 눈은 디스플레이로 사용하고 뇌와 다중감각을 사용하는 1080CR독서법을 만들게 됐다.

1080CR독서법 왕초보 반 특강을 진행했다. 25명 정도의 신청이 들어왔고 정해진 날짜에 1080CR독서법 왕초보 반이 시작됐다. 사람들은 관심과 반짝이는 눈으로 온라인 강의를 듣고 있었다. 내가 가장 강조했던 것은 '책 읽기는 스킬(기술)이 있고, 정독의 강박을 내려놓았을 때 현재 책 읽기 속도에서 2~10배 증가가 가능하다.'라는 것이었다.

조금만 연습하면 충분히 독서력을 증가시킬 수 있는 것이다. 몇 가지 스킬들을 알려주고 직접 책을 통해서 함께 실행해 보았다. 첫 단계에서 강의를 듣는 사람들은 조금씩 독서력이 향상되기 시작했다. 짧은 1시간의 강의가 끝나고 챌린지를 일주일 동안 하자는 제안을 했다. 그렇게 일주일 동안 챌린지를 함께 한 사람들은 기존의 독서력이 몇 배는 증가하는 것을 볼 수 있었다.

내가 했던 것처럼 매일의 1080CR독서법 크레이지 리딩 스킬을 사용해서 매일 30분 이상씩 연습을 하고 독서를 하는 것은 티끌 모아 태산을 만드는 방법이다. 조금씩 독서력이 2배~20배 향상이 가능한 것이다. 1080CR독서법 챌린지가 끝나고 실전 반을 시작하려는 순간 작년 연초에 접수했던 국가공인 목공기능사 실기시험이 발표됐다.

피아노 조율 관련 자격증으로 국가공인 목공기능사 자격증을 취득하려고 전문 목공학원에 신청을 해놓았던 것이다. 국가공인 도장(칠)기능사에 합격을 했다. 한해에 두 개의 자격증을 목표로 하고 있었다. 실기시험 날짜가 발표되고 학원에서 연락이 와서 고민할 수밖에 없었다. 고민 끝에 국가공인 목공기능사 실기시험에 도전하는 것으로 결론을 냈다. 1080CR독서법 실전반은 몇 달 뒤로 미뤄졌다.

국가공인 목공기능사 자격증을 취득하기 위해서 열심히 학원을 6주 동안 다니고 실기시험을 보고 국가공인 목공기능사 자격증을 취득할 수가 있었다. 자격증 시험이 끝나자마자 '생존따라쟁이연구소' 김일 소장이 운영을 시작한 '독서 운영자의 모임'이라는 모임에 가입했다. 독서 모임을 시작하는 단계부터 프로그램을 만드는 것까지 하나씩 배울 수 있었다. 과정이 끝나고 1080CR독서법에 대한 독서 모임 공지를 올렸다.

독서 모임에 대한 부분을 하나하나 챙겨 나갔다. 여러 오픈 채팅방에 공지를 올리고 모집에 들어갔다. 한 명 한 명 접수를 시작했다. 총 40명 가까운 회원이 접수를 했다. '독서영재 1080CR독서법 나행복나비 독서모임' 1시기를 시작할 수 있었다. 줌(zoom)으로 독서 모임 오리엔테이션을 시작했다. 독서모임 회원들은 호기심에 가득 찬 눈으로 나를 주시하고 있었다. 1080CR독서법 진행 스케줄을 알려주고 독서에 대한 여러 가지 지식들을 전달했다. 회원들의 집중력도 좋았고 알려주는 스킬을 하나씩 수행해 내는 모습이 보기 좋았다.

체크리스트에 매일 1080CR독서법 스킬을 30분 동안 연습하고 체크 리스트를 작성하라는 미션을 내주었다. 첫 번째 독서 모임에 오리엔테이션은 마무리됐다. 저녁 늦은 시간 블로그 포스팅을 해서 올리는 회원도 있었고 자신이 오리엔테이션에서 배우고 들었던 것들을 그대로 적어서 올린 회원도 있었다.

몇몇 회원은 블로그 포스팅에 너무나도 자세하게 그날의 내용들을 적어 놓았다. 오리엔테이션은 가볍게 간단한 스케줄을 알려 주고 체크리스트를 사용하여 일주일 동안 작성하는 것이었기 때문에 가벼운 마음으로 공지를 했는데 회원들의 열의는 대단했다. 다음날부터 매일매일 회원들은 체크리스트와 본인이 읽은 책에 대해 한 줄 정리를 해서 올리기 시작했다.

한 명 한 명 체크리스트를 체크하고 댓글을 달아주었다. 주의할

점, 잘하고 있는 것들, 개선해야 될 점, 또 스킬에 대한 추가 팁을 댓글로 달아 주었다. 그간 독서습관이나 독서법 스킬을 물어보고 상담하는 곳을 찾기가 어려웠을 것이다. 회원들에게 독서에 대한 많은 갈증이 있음을 느낄 수 있었다. 독서 모임 회원들은 곧잘 따라왔다. 오리엔테이션 이후 1080CR독서법 스킬과 하루 30분 체크리스트는 잘 정리되어 단톡방에 올라오고 있었다.

연말까지 백만 원의 수익을 내겠다는 나의 계획은 목표보다 몇 배 이상을 달성할 수 있었다. 1인 기업으로 다시 세상에 나왔다. 인생 2모작을 준비하면서 1인 기업으로서 특별한 나만의 독서법으로 독서 스킬을 알려주는 1080CR독서법의 대표이자 '1080CR독서법 김 교수'가 됐다. 여러 사람들에게 독서 스킬을 가르치게 되었다. 그들과 책에 대해서 나누고 삶에 대해서 나누고 앞으로의 인생을 바꿀 수 있는 계기를 마련해 주고 있다. 사명을 가지고 독서 모임을 진행했다.

우리의 삶은 어느 방향으로 흘러갈지 예상할 수 없다. 특별한 나만의 1080CR독서법 스킬을 만들고 그것을 여러 사람들에게 코칭해 주고 독서모임을 진행할 거라고는 상상하지 못했었다. 1인 기업으로 콘텐츠를 만들고 출발한 '1080CR독서법', 1인 기업의 서막을 열어준 특별한 나만의 콘텐츠다. 여러 가지가 감사하다.

누군가 하루아침에 새로운 삶을 가져다주지는 않는다. 다만 많은 삶의 조력자들이 우리 곁에 존재한다. 가족일 수도 있고 동료일 수도 있고 멘토일 수도 있다. 혼자 많은 것들을 헤쳐나가기보다는 주변에 멘토가 될 수 있는 누군가의 도움을 받기를 바란다. 그리고 한발씩 앞으로 나가길 바란다.

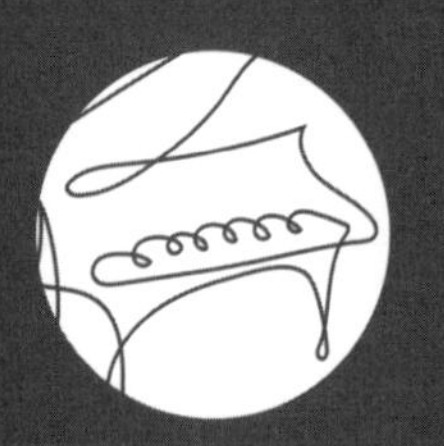

part7

나는 도전해야 살아 있음을 느낀다

최고의 기타리스트를 만나다

고등학교 1학년 때부터 기타를 치기 시작했다. 30대 중반까지는 매일 하루도 빠지지 않고 기타를 쳤다. 삶에서 기타와 음악을 빼면 심심할 정도의 삶이라고 할 수 있다. 어린 시절부터 많은 방황을 했고 고등학교 1학년 때 우연한 기회에 기타를 배우게 됐다. 그때부터 지금껏 기타를 연주하고 노래도 하고 있다.

기타는 시작하기는 쉽지만 끝까지 하기는 참 어려운 악기인 것 같다. 손가락이 아파서 못하고 스스로 독학을 하기 어렵기 때문이다. 기초적인 수준은 독학이 가능하지만 수준이 올라갈수록 점점 어렵기 때문이다. 처음 기타를 쳤을 때는 거의 기타에 미쳐 있었다. 전국에 있는 기타 교본을 서점에서 몽땅 사서 보고 연습하고 실력을 키웠었다. 그렇게 암울했던 고등학교 시절을 기타와 함께 잘 마무리할 수 있었다. 그것이 인연이 돼서 피아노 조율을 하고 실용음악을 전공할 수 있었다.

2020년 연초의 계획은 33년간 연주했던 기타 실력을 확실하게 업그레이드하는 것이었다. 실용음악을 전공했지만 조금 더 기타 실력을 키우고 싶었다. 좋은 선생님을 찾기 위해서 인터넷 검색을 시작했다. 내가 기타를 배우고 싶은 선생님을 찾고 싶었다. 무술로 말하자면 최고수에게 가르침을 받아야 정확한 동작과 여러 가지 핵심 무술을 배울 수 있다.

기타도 마찬가지다. 기타 연주 경력도 중요하고 가르치는 능력도 중요하다. 며칠 동안 인터넷을 온통 검색했다. 그러던 중 한 카페에서 '조필성' 기타리스트를 보게 됐다. 조필성 기타리스트는 '예레미'라는 크리스천 메탈의 선두주자이고 독보적인 기타리스트이다. 그의 속주와 화려한 테크닉은 기타를 좋아하는 사람이면 누구나 이미 알고 있다. 카페에 기타 레슨에 대한 문의를 했을 때 조필성 기타리스트에게 레슨을 받았던 한 사람이 이메일 주소를 알려 주었다. '이쪽으로 문의해 보세요. 레슨이 가능하실 겁니다.'라고 남겨져 있었다. 주저 없이 이메일 주소를 메모했다.

바로 이메일을 작성했다. "조필성 선생님 안녕하세요? 저는 김현용이라고 합니다. 기타를 잘 쳐보고 싶어서 새로운 도전을 시작해 보려고 합니다. 선생님께서 레슨해 주신다면 열심히 연습하겠습니다. 선생님께 꼭 레슨을 받고 싶습니다. 날짜와 수강료 등 자세한 내용을 알려주시면 감사하겠습니다." 하루가 지나도 연락이 없다. 그다음 날도 연락이 없다. 3일이 되는 날 이메일을 열었을 때 조필성 기타리스트의 반가운 댓글이 달려 있었다. 시간과 레슨 금액과 레슨을 받을 장소가 적혀 있었다.

카카오톡으로 연락을 하고 레슨 날짜와 시간을 정했다. 약속돼 있던 피아노 조율을 끝내고 레슨 장소로 향했다. 오피스텔 지하에 주차하고 레슨 장소로 올라갔다. 벨을 눌렀다. 조필성 선생님은 나를 반갑게 맞아줬다. 유튜브 동영상에서 선생님의 영상에 나오는 토벤이(베토벤)라고 하는 아주 멋있게 생긴 시베리안 고양이를 실물로 볼 수 있었다. 고양이 토벤이는 처음이라서 그런지 나를 보고 슬금슬금 옆으로 피했다.

들고 간 레슨받을 기타를 점검받고 레슨을 시작했다. 조필성 선생님은 그만의 지판 스케일을 알려 주었다. 시간이 지나면서 손가락에 경련이 일어났다. 기존 기타 교본이나 내가 연습했던 것들과는 사뭇 달랐다. 손가락을 찢어야 하는 핑거링이었다. 관절이 아프고 손이 떨려왔다. 그러나 참고 끝까지 레슨을 받았다. 천천히 이어서 연습하는 방법으로 전체 스케일 폼을 알려 주었다.

열심히 레슨을 받고 잠깐의 담소를 나누고 첫날 기타 레슨은 그렇게 마무리됐다. 주차권을 받고 차로 내려왔는데 손이 아려왔다. 기타를 오랫동안 연주해온 사람들은 알겠지만, 처음 기타를 쳤을 때 손이 뻑뻑하고 손가락이 아팠던 기억은 누구나 있을 것이다. 다시 처음으로 돌아간 느낌이었다. 새로운 것에 도전한다는 것은 참 쉬운 일은 아니다. 집에 와서 계속 연습을 했다. 하루가 지나고 이틀이 지나고 사흘이 지나자 조금씩 안정이 되고 있었다.

기존에 썼던 관절과 손가락 근육이 아니었기 때문에 너무나도 아팠다. 통증이 심했다. 그러나 끊임없이 포기하지 않고 매일 연습을 했다. 그렇게 2주, 3주의 시간이 지나자 통증과 아려오던 것은 없어졌고 손가락도 나의 마음대로 움직이기 시작했다. 엄청난 속도의 핑거링이 가능해진 것이다. 기타 연습을 하면서 틈틈이 조필성 선생님의 유튜브 연주 동영상을 보게 됐다. 익히 알고는 있었지만, 그의 속주 능력은 대한민국 최고라고 할 수 있다. 신기에 가깝기도 하다.

속주 기타리스트 이현석 씨와 함께 손꼽히는 기타리스트이다. 그런 조필성 선생님께 내가 레슨을 받고 한 단계 한 단계 성장할 수 있다는 것이 너무너무 감사하고 기쁜 일이었다. 예레미 밴드 시절 연주하는 동영상을 보게 됐다. 속주를 넘어서 놀라울 정도의 연주 실력을 보여줬다. 약간 통통한 손가락에 힘 있는 그의 연주는 보고 듣는 사람에게 경이로움을 선사한다. 또한 조필성 선생님은 직접 작사, 작곡, 편곡까지 한다.

앨범 제작을 할 때 모든 곡을 다 디렉팅 하는 것이다. 세션까지 다 본인이 진행한다고 한다. 특별한 능력을 가진 전문 기타리스트, 대한민국 최고의 기타리스트 조필성 선생님에게 레슨받기를 잘했다는 생각을 또 한 번 하게 된다. 몇 주의 시간이 지나고 전체 스케일 연습이 끝나고 조필성 선생님이 직접 제작한 벡킹트랙 반주 음악에 맞춰서 기타 프레이즈, 애드립을 배우기 시작했다. 너무나도 재미있었다. 하지만 새로운 프레이즈를 배울 때마다 항상 새로웠다. 안 썼던 근육에 대한 아픔 때문이었다. 관절과 근육이 아프고 어려웠지만 성취감은 있었다.

남들은 50이 넘은 나이에 기타를 왜 배우냐고 한다. 하지만 최고의 기타리스트에게 배우는 기타 레슨, 이것은 내 삶을 새롭게 다시 시작하고 새로운 활력을 불어넣는 특별한 경험이 되었다. 그렇게 한주 한주가 지나가면서 나의 기타 실력은 업그레이드되고 있었다.

유튜브에서 다양한 키별로 백킹트렉을 다운 받아서 거기에 맞춰서 연습을 했다. 조필성 선생님의 가르침이었다. 백킹트렉을 사용하는 것은 상당히 좋은 기타 연습 방법이었다. 코로나19가 확산되고 있었기에 마스크를 쓰고 레슨을 할 수밖에 없었다. 숨이 차고 좀 답답했지만 그래도 노래를 하는 것은 아니어서 참을 만했다. 요즘 기타 연주를 하면 예전과는 달라진 걸 느낄 정도로 발전했다.

국가공인 건축도장(칠)기능사 실기시험 일정이 있어서 더 이상 레슨은 진행할 수는 없었다. 지금도 조필성 선생님의 실시간 유튜브 동영상은 가끔 본다. 내가 만난 조필성 선생님은 대한민국 최고의 속주 기타리스트이다. 기타를 잘 친다고 잘 가르치는 것은 아닌데,

조필성 선생님은 실력도 좋고 기타 레슨도 잘하는 선생님이시다. 조필성 선생님께 레슨을 받을 수 있었던 건 참 영광스러운 일이었다. 새롭게 앨범을 준비하고 있고 새로운 활동도 준비하고 있다는 얘기를 들었다.

기타 연주에 큰 영향을 미친 최고의 기타리스트 조필성 선생님. 그가 건강하기를 바라고 앞으로 더 왕성한 활동을 응원한다. 그리고 그를 통해서 기타를 배우려는 많은 사람들에게 지금처럼 최고의 선생님으로도 남기를 바래본다.

칼럼니스트가 되다

글 쓰는 소방관 김광윤 소방관. 그는 UDT 출신이고 소방학교 교관 출신이며 현직 소방관이다. 물론 국민을 살려내기 위해서는 뜨거운 불과 물도 마다하지 않고 뛰어 들어가 구조 활동도 해낸다. 김강윤 소방관을 처음 만난 것은 독서 모임에서였다. 남자다운 외모와 친근감 있는 말투로 친동생 같은 느낌을 받았다. '글 쓰는 소방관' 김강윤. 그의 앞에 붙어 있는 퍼스널네임이다.

그는 소방관 최초로 책을 냈고 전문적인 칼럼니스트로 활동하고 있다. 전자책과 그가 진행하는 쓰다클럽이라는 글쓰기 클럽도 진행하고 있다. '스타트업 앤' 신문이라는 인터넷 신문에 김강윤 칼럼니스트로도 활동하고 있다. 글쓰기 모임인 쓰다클럽에서 스타트업 앤 신문에 글을 기고할 칼럼니스트를 찾는다는 소식을 들었다. 얘기를 듣고 칼럼을 기고했다. 피아노 조율사와 현재의 1인 기업으로 살고 있는 나의 모습을 글로 써보고 싶었다. 신중하게 글을 정리해서 기고했다. 얼마 지나지 않아 김강윤 소방관에게 연락이 왔다.

"기고되고 나면 알려 드리려고 했는데 너무 기뻐요. 인터넷 신문에 교수님 글을 올려주기로 결정됐어요." 너무 기뻤다. 김강윤 소방관과 함께 나도 칼럼니스트가 된 것이다. 직업적인 내용과 우리가 살아가는 삶에 대해서 많은 내용을 기사로 올리고 있는 인터넷 신문이다.

글을 쓰고 전문적으로 칼럼을 쓴다는 것은 한 사람의 인생에서 큰 사건이 아닐 수가 없다. 쓰다클럽 회원들은 너도, 나도 축하해 주었다. 글을 오픈 채팅방에 올려 주었다. 인터넷 신문에 올려진 내 글을 칼럼으로 봤을 때 마음이 벅차서 말이 안 나올 지경이었다. 모두들 옆에서 같이 기뻐해 주었다. 첫 칼럼을 쓰고 약간의 시간이 지나고 두 번째 칼럼을 기고했다.

'30년 피아노 조율사 국가공인 목공기능사 도전'이라는 제목으로 기고를 했다. 김강윤 소방관은 쓰다클럽에서 인터넷 신문의 대표님께서 "이분 뭐 하시는 분이냐?"라고 물어봤다고 한다. "피아노 조율하시는 분이세요."라고 했더니 나의 프로필과 글 쓴 것을 보고 많은 칭찬을 하셨다고 한다. 오히려 내가 감사했다. 나의 글이 화려하고 필체가 엄청나게 좋아서라기보다는 피아노 조율사가 글을 썼다는 것이 신선하게 다가왔을 것이다.

전국을 다니면서 지구 30바퀴만큼 피아노 조율을 하고 피아노 조율사로서 연주홀, 대학교, 학교, 교회, 일반 가정집, 전문 연주인, 전공자 등 다양한 계층의 피아노를 조율하고 있다. 일하면서 현장에서 쌓였던 나의 여러 가지 경험들을 기고할 수 있는 칼럼니스트로서의 삶이 시작된 것이다. 글을 쓴다는 것, 그것은 내 내면에 있는 것들을 표출해 내는 가장 좋은 방법이다. 또한 칼럼을 쓴다는 것은 여러 가지 주변의 상황들을 고려해야만 한다. 매체를 통해서 보고 들었던 것들과 책에서 얻어낸 정보들을 꺼내서 나의 생각과 전반적인 사회적인 현상, 직업들을 정리해서 넣어야 한다. 칼럼니스트는 다독을 하고 뉴스에 집중하고 사회현상과 세계적인 경제에 관심이 많은 나에게 딱 맞는 글쓰기 활동이다. 피아노 조율을 하면서 글을 쓰거나 책을 쓰거나 칼럼니스트가 된 사람은 아직까지 없다.

피아노 조율을 30년 해온 지금 1인 기업으로, 칼럼니스트로 다양한 활동을 하고 있다. 블로그에도 글 쓰는 피아노 조율사, 칼럼니스트라고 쓰여 있다. 인생 2막을 준비하면서 칼럼니스트라는 활동은 나에게 다른 지향점을 가져다주고 있다.

더 좋은 글을 쓰기 위해서 매일 글을 쓰고 책 쓰기를 하고 있다. 강의도 듣는다. 글쓰기도 기술이 있고 방법들이 있고 문법이 있다. 무엇보다 칼럼니스트로서 글을 쓴다는 것은 정보력이 요구되고 사람들이 재미있고 즐겁게 정보를 흡수할 수 있도록 글을 쓰는 것이 중요하다. 그것이 전문 칼럼니스트로서의 글쓰기 활동이다. 올해는 작년에 올렸던 기고문보다 더 많은 칼럼을 쓰려고 계획하고 있다.

1080CR독서법에 대한 출판을 계획하고 있는 나로서는 전문적인 1080CR독서법 기술에 대한 내용들을 기술을 해야 되기 때문에 칼럼니스트로 활동하면서 하나하나 그 역량들을 키워가고 있다. 또한 스타트업 앤 신문도 우리 사회에 영향력을 미칠 수 있는 언론사로 성장하기를 바란다. 신문의 성장과 함께 칼럼니스트로 활동을 하고 있는 나의 글쓰기 또한 함께 동반성장을 할 것을 기대해 본다. 칼럼니스트, 참 매력적인 활동인 것만은 사실이다.

칼럼니스트가 되기 전에 글쓰기에 임하는 자세와 칼럼니스트가 되고 나서 내가 쓰는 글은 사뭇 다르다. 조금 더 집중하고 조금 더 분석하고 조금 더 정확하게 쓰려고 노력하기 때문이다. 세상의 모든 이치는 그렇다. 어떤 단계에 오를 때까지 상당히 힘겨운 사투를 벌이고 거기까지 올라가지만 그 단계를 넘고 나면 폭풍 성장으로 이어질 때가 많다.

피아노 조율사로 31년을 산 경험으로 봐도 나의 기술적인 부분도 마찬가지였다. 초보 상태에서 정말로 한 단계 한 단계를 밟아서 31년 후인 지금의 KBS 아트홀을 조율하고 대학교 조율을 하고 대형교회를 피아노 조율하는 좋은 경험들을 했다. 그 중간에는 해외

세미나도 가고 유럽에서 유학하고 오신 선생님에게 사사를 받고 정통 유럽식 피아노 조율을 시작한 적도 있다.

칼럼니스트로 한 단계 더 성장하는 한 해를 맞고 싶은 것이 개인적인 소망이다. 또한 칼럼을 쓴 나의 글을 보고 많은 사람들이 좋은 영향을 받고 좋은 정보들을 얻어 가고 행복한 글을 접할 수 있는 칼럼니스트가 되기를 희망한다.

가보지 않은 길을 개척하는 것은 쉽지 않은 일이다. 하지만, 새로운 도전은 나를 살아있게 한다. 도전하지 않는 삶은 발전이 없는 삶이다. 평소에 꿈꿔 왔던 것들이 있다면 당장 실행해 보기 바란다. '5분 안에 할 수 있는 일이면 지금 당장 하라.'라는 말이 있듯이 자신을 믿고 과감히 꿈꾸는 길에 나서보라.

인생을 바꾼 책 읽기

학창 시절, 시 쓰는 것을 좋아했고 노래 가사 말을 쓰는 것을 좋아했다. 학교를 졸업하고 피아노 조율사의 삶을 살면서 매장에서 음악 학원 피아노들을 관리하고 조율했다. 고객들을 응대하는 영업과 마케팅 기술이 필요했다. 출장을 다닐 때면 고속도로 휴게소에서 잠깐 쉬는 동안 편의점 옆에 놓인 책 가판대에 놓인 영업과 마케팅 관련 책들을 사서 읽곤 했다. 나의 관심은 마케팅과 영업책들에 집중되어 있었다. 간혹 시집도 구매해서 읽기도 했었다.

시간이 없다는 핑계로 책을 못 읽다가 이번 코로나19로 시간이 여유로워지고 책을 읽을 시간이 늘어났다. 집에 있는 책들을 한 권씩 읽기 시작했고 인터넷에서 관심 있는 책들을 주문해서 읽기 시작했다. 평상시 독서량은 거의 없었다. 바쁜 피아노 조율사 생활로 1년에 1권도 못 읽었다.

독서량이 엄청나게 늘면서 전문 리딩 센터에 가서 책 읽기 기술을 배웠다. 독서력이 보통 사람들보다는 조금 빠른 수준이었지만 수료할 때에는 1분에 1만 자를 읽을 수 있는 수준이 됐다. 20분~30분 정도에 1권 책 읽기가 가능해졌다. 더 많은 책을 읽기 시작했다. 책의 종류는 가리지 않았다. 인문학, 영업, 경영, 마케팅, 독서법, 자기 계발서 등 종류를 가리지 않고 책을 읽기 시작했다.

많은 책을 읽기 시작하자 나만의 독서법이 생겼다. 독서력이 향상되면서 책 읽는 속도도 점점 빨라지기 시작했다. 한 달 책값이 100만 원이 넘어갔다. 한 달에 100권을 넘기고 200권, 300권 최대 600권에 가까운 책을 읽기 시작했다. 나도 모르게 미친 듯이 책을 읽고 있는 나 자신을 발견했다. 5,000권의 책을 쓸어 담듯이 읽었다.

52년 인생 전체를 놓고 보면 평균 독서량은 그렇게 많지는 않지만 짧은 시간 안에 어마어마한 양의 책을 읽을 수 있었다. 나에게 맞는 자기 계발서와 독서법, 마케팅, 책 쓰기, 인문학 서적들을 주문해서 읽기 시작했다. 책을 금방 다 읽어 버렸기 때문에 책값은 만만치가 않았다. 책을 읽고 다양한 독서 스킬을 구사하면서 책에 대한 정보를 빠르게 읽어내고 1인 기업으로 살아갈 수 있는 다양한 콘텐츠와 아이디어를 얻을 수 있었다. 때로는 자기 계발서를 읽는 중에 행복에 관한 내용과 삶을 어떻게 살아야 하는지, 또 지금까지 내 삶은 어땠는지도 들여다보는 기회가 됐다. 이렇게 어마어마하게 읽은 책들은 내 삶을 180도 바꿔 놓았다. 급한 성격, 가끔 나왔던 부정적인 생각들, 이런 것들이 하나씩 바뀌었다. 삶에 지혜도 가르쳐 줬다.

나만의 독서 스킬이 생겼다. 그것들을 하나씩 정리하기 시작했다. 조금은 급한 성격과 일할 때 꼼꼼한 나의 성격을 되돌아볼 수 있는 계기가 됐다. 책을 통해서 많은 인사이트를 얻었고 많은 선생님을 책에서 만날 수 있었다. 그 선생님들은 때로는 꾸짖기도 하고 갈 길을 정해서 목표 지점으로 가게끔 해 주었다. 다시 나의 삶을 되돌아보고 새로운 삶을 살게 하는 여러 가지 미션을 주기도 했다. 책 읽기는 지금의 나의 삶을 다시 만들어 낸 일상이 되었다. 책 속에서 콘텐츠와 아이디어를 얻고 그것을 실행하는 데 독서 스킬(기술)들은 유용하게 사용됐다.

앞으로 많은 사람들에게 책을 통해서 독서에 대한 기술을 전수해 주고 그들과 책을 통해 교감하면서 함께 행복한 삶을 살아가고자 한다. 독서 스킬을 사용하는 매일 독서는 50대에 들어선 나에게 삶의 일부분이 됐다. 가방, 차, 거실, 화장실, 식탁, 침실, 사무실, 서재 등 책은 항상 나의 곁에 있다. 한 번은 책값이 너무 많이 나와서 알라딘 중고 서점을 들르게 됐다. 아내와 허기진 배를 채우고 알라딘 서점에 가서 책을 보기 시작했다. 신세계였다. 모든 책들이 뷔페에 놓인 음식처럼 보였다. 골라서 먹기만 하면 됐다.

미친 듯이 책을 고르고 읽어나가기 시작했다. 1분 15초~5분. 한 권 한 권의 책에서 순간적으로 빨아들이는 책의 내용들이 많은 양분이 되었다. 아내는 책을 읽는 나에게 옆에서 얘기를 한다. "다 읽었는데 책을 사야 돼?" "사야지. 다 읽었는데." "다 읽었는데 왜 사야 돼?" "그래도 사야 돼."라고 하고서 책값을 지불했다. 이렇게 책은 나에게 보물이 되었다. 그리고 독서는 나에게 새로운 삶의 한 부분이 됐다. 책을 읽는 시간이 많이 필요하지는 않다. 서점이나 도서관에서 2시간 정도면 20권 이상 정도의 책을 읽어낸다. 대부분의 사람은 독서의 기술을 사용하지 않고 정독으로 책을 읽기 때문에 많은 시간이 걸릴 수밖에 없다. 요즘 나만의 독서법 스킬을 사용해서 책을 읽는다. 책 읽기에 대한 부담이나 스트레스가 전혀 없다. 기존의 속독법과는 다른, 뇌와 다중감각을 사용하기 때문에 눈의 피로감도 거의 없다. 보통 사람들은 독서 기술(스킬)이 있다는 것을 알지 못한다. 독서 스킬을 배우고 독서를 하는 것은 스트레스 없는 독서의 기본이다. 앞으로 '1080CR독서법 독서 스킬 마스터'로 독서를 힘들어하는 많은 사람들과 함께 할 생각이다.

도서관과 서점에 있는 몇만 권, 몇십만 권의 책들은 삶의 웬만한 답을 제시해 줄 정도로 큰 영향력을 미칠 수 있다. 대부분의 사람은 책을 읽지 않는다. 나 또한 그랬다. 책 읽기를 공부라고 생각한다. 많은 사람들이 나에게 질문한다. "어떻게 하면 책을 잘 읽을 수 있어요? 책을 어떻게 하면 안 졸리고 지겹지 않고 힘들지 않게 읽을 수 있어요?" 독서 스킬을 배우는 방법밖에는 없다. 짧은 시간 안에 많은 것을 읽어내고 피로감을 없애는 방법으로 독서해야만 한다. 뇌와 다중감각을 사용해서 빨리 읽고, 스킬을 사용해서 책 읽기가 지루하지 않고 뇌를 더 활성화할 수 있다. 효과적인 독서를 하면 된다. 빨리 읽으면 졸릴 틈이 없는 것이다. 또박또박 읽는 정독을 내려놓아야 한다. 하루아침에 되지는 않는다. 나 역시 정독을 내려놓고 묵독을 내려놓는 데 시간이 걸렸다.

중세 시대에는 책 자체가 부의 상징이었다고 한다. 책을 찍어 내는 데 많은 노력이 필요했다. 인쇄술이 발달하지 않았기 때문이다. 지금은 인터넷과 서점을 통해서 때로는 중고 책방을 통해서 읽으려고 마음만 먹으면 손쉽게 책을 구할 수 있는 시대다. 자신의 삶을 점검하고 되돌아보게 하고, 성격도 바꿔주는 책은 나에게는 선생님이고 내 삶을 도와주는 안내자이다. 앞으로 평생 책 읽기는 취미이자 인생의 동반자가 될 것이다.

조선시대에는 가문마다의 독서법이 있었다. 일제강점기를 거치면서 한글을 사용할 수 없게 되자 독서법은 사라졌다. 지금까지 이어지고 있다. “책을 읽지 않는 사람에게는 미래가 없다.” 또한 “독서를 하지 않는 민족에게는 미래가 없다.”

책 읽기에는 스킬(기술)이 존재한다. 많은 사람들이 1080CR독서법 스킬을 배우고 독서 스트레스를 없애고 있다. 바쁘고 시간이 없는 요즘 시대에 조금 더 빨리 읽고 매일 독서로 보다 나은 삶을 살아가기를 바란다.

내가 읽은 책 속에서

읽었던 책들은 많은 인사이트를 주었다. 그중에 대표적인 책이 〈청소력〉이라는 책이다. 독서 모임에서 첫 번째 책으로 회원들에게 권했던 책이다. 책 두께도 얇고 내용도 좋은 책이어서 권해주었다. 매년 연말과 연초가 되면 각 독서 모임과 많은 곳에서 〈청소력〉 책을 주문하기 때문에 품귀현상도 일어난다. 일본인 마쓰다 미쓰히로 작가가 쓴 이 책은 우리에게 큰 충격을 준다. ‘당신이 있는 방이 당신 자신입니다.’, ‘작심삼일도 일곱 번이면 인생이 바뀐다.’

큰 획을 긋는 말들을 우리에게 던진다. 내용을 보면 ‘깨진 유리창의 법칙’이라는 내용이 나온다. 차 두 대를 보닛을 열어 놓고 실험을 했다. 하나는 보닛만 열어 놓고 하나는 유리창을 살짝 깨서 방치했다. 바로 그다음에 깨진 유리창 차는 점점 더 파손되고 속에 있는 물건들을 훔쳐 가기 시작했고 완전히 파손돼서 형체를 알아볼 수 없는 고물이 되고 말았다.

삶을 살아가면서 방치하고 내버려 둔 일들을 점검하기를 바란다. 어떤 것은 우리 삶에 위험을 초래하는 요소로 존재할 수도 있다. 미리 점검해서 조그맣게 깨진 유리창이 나중에 큰 범죄로 이어지는 것을 막아야 한다. 〈청소력〉 책의 큰 메시지 중 하나는 청소를 하면 인생이 바뀐다는 것이다. 화장실 청소를 하면 부채가 없어진다.

당연한 이치라고 본다. 화장실을 청소한다는 것은 가장 원초적인 본능인 몸속의 노폐물을 배설, 배출하는 곳이다. 우리는 거의 매일 화장실을 들어갔다 나온다. 나 같은 경우는 화장실에서 짧게 읽을 수 있는 책 한 권을 읽고 나오기도 한다. 하루를 정리하기도 하고 짧은 시간에 여러 가지 생각도 정리한다.

이렇듯 화장실은 우리의 삶의 기본이고 원초적인 곳이다. 그곳을 청소하고 깨끗이 한다면 우리 모든 삶도 정리되고 말끔히 씻어낼 수 있다는 메시지이다. 대부분의 자기 계발서가 일본인이 쓴 것이 많다. 참 안타까운 일이다. 일본인들이 독서력이 우리보다 월등히 높기 때문에 그들이 자기 계발서를 많이 쓰고 세계적인 인재들을 배출해 내는 것은 당연한 일일 수밖에 없다. 책 속에는 삶을 일깨울 수 있는 글들이 남겨져 있고 적어도 책 한 권에 일독일행이라도 한다면 책을 읽는 사람의 삶은 완전히 달라질 수 있다. 한 권의 책을 읽고 적어도 일독삼행을 삶에 적용하기 위해서 노력한다. 이렇게 독서 전과 지금의 나의 삶은 180도 바뀐 삶이 됐다.

또 한 권의 큰 울림을 준 책이 있다. 이민규 저자의 〈실행이 답이다〉에서 '실행하지 않고 생각만 하고 있는 것은 쓰레기다'(31p~32p) 라고 말한 이민규 저자의 말이 가슴을 울린다. 참 많은 생각을 하게 만들었다. 1080CR독서법이 세상에 나오기까지 실행에 원초적인 힘을 제공한 책이다. 나로 하여금 주저 없이 사명감을 갖고 1080CR독서법을 세상에 내놓을 수 있게 했다. 이 책은 지금도 많은 사람들이 읽는 자기 계발서이다.

'차사순 할머니'가 960번의 운전면허에 도전한 내용이 나온다.(286p) 960번! 상상이나 될 일인가? 960번의 도전 끝에 차사순 할머니는 운전면허증을 취득한다. 운전면허 따기 위해서 들인 비용만 해도 960만 원이다. 웬만한 사람은 엄두를 못 낼 일이다. 차사순 할머니가 했던 960의 도전은 우리에게 주저하지 말고 앞으로 나가라는 결심을 하게끔 해 준다. 960번 운전면허에 도전한 할머니의 성함 '차사순'. 면허를 취득하고 이제는 차를 사는 순서만 남아있다는 얘기다. 이민규 저자의 책 거의 뒷부분에 나오는 내용이다.

실행하지 않는다면 우리의 모든 삶은 그냥 생각으로 머물게 된다. 의지가 약해지고 뭔가의 목표를 세우고 실행해야 될 때 이 문구를 꼭 생각한다. 그리고 차사순 할머니를 생각한다. 그러면 다시 나를 일으킬 수 있는 원동력이 생긴다. 정신이 번쩍 드는 것이다. "실행하지 않고 생각만 하고 있는 것은 쓰레기다." 평생 가지고 가야 될 인생 글귀가 되었다.

마지막 한 권의 책은 스티븐 기즈의 〈습관의 재발견〉이란 책이다. 습관을 들이는 것은 하루아침에 되지 않는다. 아주 작은 것들부터 잘게 목표를 쪼개고 나눠서 그것들을 실행하다 보면 성장하고 자신의 목표치에 도달할 수 있다. 우리는 매년 목표를 정한다. 특히 신년 초에 작심삼일이 되는 경우가 많다. 작심삼일도 7번 하면 성공한다는 내용도 맞는 얘기고 스티븐 기즈의 책에 작은 습관들로 나눠서 조금씩 매일 습관을 들이라는 말도 맞는 말이다. 작은 것부터 습관을 들여 나간다면 목표를 충분히 달성할 수 있다고 생각한다.

책의 내용처럼 습관을 들이는 일은 매우 중요하다. '세 살 버릇 여든까지 간다.'라는 속담이 있다. 좋은 습관은 평생 간다는 얘기다. 나쁜 습관은 우리의 건강을 해칠 수 있고, 삶을 살아가는 데 큰 걸림돌이 될 수도 있다. 습관의 재발견. 작은 습관들을 금광에서 원석을 캐내듯이 잘게 쪼개서 우리 삶에 적용한다면 좋은 습관으로 평생 성장과 자신이 목표로 삼는 그 어떤 것도 이루어 낼 수 있다고 본다.

31년 피아노 조율사 아직도 도전은 ING!!!

처음 피아노 조율을 시작했을 때는 고등학교 1학년 때부터 시작했던 기타 연주가 시초가 됐다. 고등학교 시절 기타를 쳤고 밴드를 하면서 음악에 대한 열정을 불태웠고 고등학교를 졸업하고도 밴드 생활을 계속해서 했었다. 음악에 파묻혀서 살았고 음악과 연관된 일을 생각하고 있었다. 군대 신체검사를 받으러 갔던 곳에서 운명적으로 피아노 조율을 만나게 돼서 피아노 조율사로 31년 동안 지구 30바퀴만큼의 엄청난 거리를 전국적으로 출장을 다녔다.

7만 여대에 달하는 피아노를 조율 수리해 왔다. 한동안은 사물놀이와 풍물에 푹 빠져서 직업을 바꿀 뻔하기도 하고 레크리에이션 자격증을 따면서 성격도 많이 바뀌었다. 직업을 또 바꿀 뻔했지만 계속 피아노 조율사의 삶을 살았다. 레크리에이션 자격증은 진취적인 성격으로 사회생활을 할 수 있게 해 주었다.

몇 번의 직업을 바꿀 기회가 있었지만 끝까지 포기하지 않고 피아노 조율만큼은 손을 놓지 않았다. 31년 세월을 피아노 조율 기술을 열심히 연마하고 갈고닦았다. 피아노 조율을 하면서 피아노 조율사로서 경력을 쌓아 왔다. 40살에 대학교를 입학하고 7년간 대학원까지 졸업할 수 있었다. 피아노 조율사로서 열심히 일하면서도 많은 도전을 했었다. 나 자신과 약속했었던 대학교와 대학원 공부를 마칠 수 있었고, 코로나19 상황에서 한 해에 국가공인 건축도장(칠)기능사와 국가공인 건축목공기능사 시험에 도전해서 두 개의 국가공인 자격증을 취득했다.

현재는 많은 사람들과 강의와 코칭을 통해서 1080CR독서법에 독서 스킬과 새로운 독서법을 찾을 수 있는 비법들을 전수하고 있다. 나의 삶은 항상 도전의 연속이었다. 도전으로 끝나는 것이 아니고 어떤 목표를 정하면 항상 좋은 결과물이 있었다. 국가공인 기술자격증을 취득하기도 하고 나만의 1080CR독서법을 만들어서 많은 사람들에게 전수도 하고 있다. 피아노 조율사로서 '피아노의 발달과정과 피아노 조율 기술에 관한 연구 ; 피아노 조율 테크닉을 중심으로'라는 석사 논문을 내서 국회도서관에 논문이 수록되어 있다.

1인 기업의 & CEO 과정을 통해서 새로운 인생 2막을 열고 1인 기업인으로 활동하고 있다. 1080CR독서법을 통해서 수익이 나기 시작했고 앞으로 수익은 더 많이 늘어날 것이다. 50이 넘는 나이에 조필성 선생님을 통해서 기타 레슨을 받고 나의 기타 실력은 업그레이드됐다. 대학교 4년, 대학원까지 졸업을 하고 나는 강사와 교수가 됐다. 교수가 되기 위해서 참 많은 노력을 해 왔다. 그 과정에서 좋은 강의를 하기 위해서 준비해온 40여 개의 자격증들이 있다. 자격증을 취득하고 공부를 하고 현재까지 이르렀다. 정말 많은 시간을 할애해서 자기계발에 힘써왔다. 30년 동안 7만여 대의 피아노 조율을 해 온 것을 전체 대수를 시간으로 나눠보면 약 10년 동안 1분 1

초도 쉬지 않고 계속 피아노 조율을 한 것과 같은 결과가 나온다.

지금까지 피아노 조율을 해온 활동 내역과 프로필 전체를 정리한다면 A4 용지로 5장 정도는 나올 것이다. 피아노 조율사로 신라호텔, 올림픽컨벤션센터, KBS아트홀, 총신대학교, 세한대학교, 서울실용음악고등학교, 공감홀, 꿈의교회, 새에덴교회 등 대형교회들도 조율 할 수 있었다. 피아노 조율을 10년 정도 했을 때 정통유럽식 조율법이 있다는 걸 알고 바로 도전했다. 오스트리아에서 공부하고 온 박성환 선생님에게 사사를 하고 정통 유럽식 피아노 조율을 체득할 수 있었다. 지금 시점에서 지난 삶을 뒤돌아보면 어떤 순간에도 도전을 멈춘 적이 없었다. 삶이 편안한 때든지 삶에 어려움이 올 때든지 가리지 않고 미래를 위해서, 꿈을 위해서 목표를 정해놓고 자기계발을 위해서 부단히도 노력해 왔다.

도전하는 삶은 시기를 가리지도 않았다. 자기계발과 도전들을 멈추면 내 삶도 멈춘다고 생각을 했던 것 같다. 하나를 이루면 또 하나의 목표를 세우고 다시 또 다른 목표를 설정하고 도전했다. 삶은 참 녹록지 않다. 단 한 개라도 최선과 성실로 노력하지 않고 공짜로 생긴 적은 없었다. 요행을 바라지 않는다. 세상에는 공짜가 없다고 생각하기 때문이다.

누구에게 기대거나 크게 의지하지도 않는다. 1남 5녀 중 외아들인 나로서는 스스로 삶의 목표를 세우고 그 삶을 헤쳐나가는 나 자신만의 자생력으로 살아온 것 같다. 어떤 목표를 설정하면 어떻게

이 목표를 이룰 것인가가 중요하지 실패하느냐 성공하느냐는 크게 중요하지 않았다. 왜냐하면 다시 도전하면 되기 때문이다. 하지만 목표를 설정할 때 꽤 많은 시간을 고민하고 체크한다. 목표한 것들의 성공을 확률로 보지 않기 때문이다.

어떻게 하면 설정한 목표를 이룰지만 생각한다. 지금까지는 피아노 조율 자격증 이외에는 불합격해 본 경우가 거의 없었다. 철저한 사전 준비와 그 목표를 이루기 위해서 엄청난 노력을 쏟아붓기 때문이다. 한 가지 일을 30년간 하는 것도 쉽지 않은 일이고 그 과정 동안 40개에 가까운 자격증을 취득하는 것도 쉽지 않은 일이었다. 끝없는 노력으로 불가능할 것 같던 일들을 일궈냈다. 지금도 어떤 것을 해야 된다고 생각하면 바로 실행해 버린다. 그렇지 않으면 시간이 지날수록 그 의지력은 약해지기 때문이다.

인생 50년이 조금 넘은 나이에 삶을 뒤돌아보니 참 많은 것들을 도전하고 노력하고 왔다는 생각이 든다. 그 결과물로 피아노 조율과 전임교수가 됐고 '대한민국 피아노 조율 수리 1호 대한명인'이 됐다. 피아노조율사로서 ㈔한국피아노조율사협회를 통해서 많은 영향과 양분을 받았다. 함께 활동하는 회원들에게 더좋은 피아노 조율 환경을 만들어주기 위해서 ㈔한국피아노조율사협회 회장으로 입후보해서 3명의 부회장 후보들과 함께 당선되서 ㈔한국피아노조율사협회 회장이 됐다. 삶이 값진 것은 자신이 끊임없이 노력하면 주변의 지지와 함께 그만큼의 결과물이 나오기 때문이다.

31년간 피아노 조율사로 살아왔지만 오늘도 1인 기업으로 나행복조율연구소를 통해서 '인생조율사'라는 퍼스널네임으로 다양한 콘텐츠로 많은 분들과 함께 배우고 함께 나눠주고 있다. 함께 행복해지고 성공을 이루는 삶을 살아나갈 것이다. 그리고 나의 도전은 아직도 ING다.

감사하는 삶이 성공을 낳는다

지난 31년간 피아노 조율사로서 한 단계 한 단계 목표했던 것들을 위해서 노력해 왔다. 31년간 피아노 조율에 정진할 수 있었던 것도 최고의 행운이었다. 건강을 지키고 열심히 최선을 다하고 건강하게 일하고 생활할 수 있다는 것 자체가 감사하다. 삶은 부족함을 느끼고 결핍을 느끼면 한없이 위축되고 힘겨움을 느끼게 된다. 나 또한 삶의 모든 것이 감사라는 것을 배울 때까지 많은 시간이 걸렸다.

유년기와 청소년기에 힘겹고 정신적으로 위축됐던 시간이 있었다. 그래도 결과적으로는 감사함을 남겼다. 노력만으로 여기까지 온 것이 아니라는 생각이 들기 때문이다. 많은 사람들과 교류할 수 있고 사람들을 가리지 않고 부담 없이 대화할 수 있는 달란트를 받은 것도 감사한 일이다.

고1 때부터 기타를 쳤다. 고등학교 시절과 졸업 후에도 밴드를 했다. 음악이라는 큰 선물이 밑거름이 됐고 피아노 조율사로 살 수 있었던 계기가 됐다. 지나온 삶을 열정적으로 살아올 수 있었던 것

또한 감사한 일이다. 이 책이 나올 수 있게 도와주신 이은대 작가님께 감사드린다. 이 책을 쓰는데 많은 영감을 준 ㈔한국피아노조율사협회 선배, 동료, 후배들과 피아노 조율사의 삶을 살아가는 현장에서 신뢰로 피아노 조율을 맡겨주신 많은 음악인과 내가 만났던 분들께 감사드린다.

삶은 엄청나게 큰 업적을 이루고 큰 존재가 되어야만 행복감을 느끼는 것은 아니다. 삶에서 소소하고 작은 것들에서 감사한 마음을 가지고 살아가는 사람들도 있다. 자녀들이 건강해서 감사하고 아내, 남편이 내 곁에 있어서 감사하고 부모님께서 아프지 않고 건강하게 밝은 모습으로 살아주셔서 감사한 것이다. 감사하며 사는 삶은 그늘질 수 없다. 감사가 넘치는 삶만 있기는 어렵겠지만 일상생활에서 작은 것들에서 감사를 느끼며 살기를 바란다.

꿈꾸는 것이 있다면 그냥 서 있지 말고 지금 당장 도전하자

꿈꾸지 않는 사람은 앞으로 나아갈 수가 없다. 꿈을 이루기 위한 에너지를 받을 수 없기 때문이다. 꿈을 행동으로 옮기지 않는다면 이루어지기가 어렵다. 꿈꾸고 도전하고 그것을 이루기 위해서 짧은 순간에 꿈이 이루어지기는 쉽지 않다. 계획을 세우고 자신의 꿈을 향해서 도전하길 바란다. 성공하는 삶이란 각자의 기준이 다 다를 것이다.

돈을 많이 벌고 억대 연봉 이상을 받고 빌딩을 소유하는 것이 성공인 사람도 있다. 때로는 자식이 잘되는 것과 가족이 꿈을 이루는 모습을 보고 '이만하면 됐어. 내 삶은 성공적이야.'라고 생각하는 사람도 있다. 어떤 성공을 바라는가? 목표하는 것이 있다면 꿈꾸길 바란다. 꿈을 향해 끊임없이 노력하고 그 꿈을 이루길 바란다. 하루를 의무감으로 살고 시간 때우기를 자청하고 산다면 하루가 고통이 될 수도 있다. 인제 그만 꿈을 향해서 나아가라.

자신이 꿈꾸고 있는 것들을 향해서 매일 도전해 나간다면 매 순간이 기쁨일 것이다. 물론 우리의 삶은 경제적인 풍요가 없이 행복해지기 어려운 삶이 돼 버렸다. 하지만, 자신의 꿈과 비전을 갖는 것. 그리고 도전하는 것, 그것이 자신을 성장시키고 발전시켰을 때

성공을 이룰 수 있다. 가족과 주변에 있는 많은 사람들이 행복을 나눠 갖게 되는 것이다. '5분 안에 할 수 있는 일이면 지금 당장 하라.'라는 말이 있다. 생각만 하지 말고 당장 실행에 옮기라는 것이다. 꿈꿔라. 그리고 도전하라. 길이 열릴 것이다.

자존감을 높여라.

자존감이 높은 것과 자존심만 강한 것은 확연히 다르다. 고등학교 시절 기타를 치기 시작했다. 같은 반 친구에게 "기타 한번 쳐 보면 안 될까?"라고 했을 때 친구는 "안돼. 엄마가 생일 선물로 사주셨기 때문에 안돼."라고 했다. 참 많이 속상했다. 그 후 2만 8천 원짜리 기타를 사서 1년 반 동안 엄청난 연습을 했다. 서점에 있는 기타 교본들을 거의 다 사서 독파해 버렸다. 그때 시작했던 기타 연주는 33년이 지난 지금도 계속되고 있다.

누군가보다 자신이 확실히 잘 할 수 있는 것이 있다면 자존감은 분명히 높아진다. 물론 그것이 너무 지나쳐서 자만심이 돼서 '내가 최고야. 내가 제일 잘났어. 내 위에는 아무도 없어.'라고 생각하는 자만심은 경계해야 될 것이다. 스스로 생각할 때 자존감이 낮다고 생각한다면 무언가를 배우고 작은 꿈이라도 이루어 보라. 남들보다 나은 여러 가지가 있을수록 자존감은 분명히 회복된다.

요즘 주변을 보면 자존감이 낮아진 분들을 종종 만난다. 경제적인 어려움 겪고 흔들리는 경제력이 자존감을 흔든다. 우리는 혼자 살 수 없다. 사람들은 서로 기대 사는 '人'의 형상으로 살아간다. 이렇게 나 혼자만의 삶을 사는 게 아니라 함께 서로 힘겨움을 나누면서 살아간다. "자존감이 높은 사람은 절대 자신의 삶을 포기하지 않는다."

기본에 충실하고 결과를 만들자

주변을 보면 잠깐 뭔가를 배웠는데도 금방 그것을 해내는 능력치를 가진 사람들을 볼 수 있다. 그러나 나는 그런 사람은 아니다. 끊임없이 노력하고 목표지점까지 가기 위해서 노력을 해야 내가 하고 싶은 것들을 이룰 수가 있다. 금방 배워서 잘하는 사람을 보면 부럽기도 하다. 그들을 잘 살펴보면 금방 배워서 잘 할 수 있기 때문에 끝까지 노력하지 않는 경우를 가끔 보게 된다.

어떤 것이 더 좋은 것일까? 자신이 하고 싶은 것들을 이루기 위해서는 매일매일 그것을 위해서 노력하고 연습을 통해서 결국 임계점을 넘었을 때 완성도가 높아진다. 물론 금방 배우고 끝까지 잘 할 수 있으면 그것만큼 좋은 것은 없다. 세상은 참 공평한 것 같다. 주위를 둘러보면 최고의 위치까지 올라가는 사람들을 볼 수 있다.

매체를 통해서 '발레리나 강수진' 씨의 발가락을 본 적이 있을 것이다. 그녀의 발가락은 많이 휘고 변형되어 있다. 그렇게 고통스러운 상황들을 반복적인 연습으로 자신의 몸이 기억하도록 했을 것이다. '소설가 이외수' 씨는 밖에서 열쇠를 걸어 잠가 달라고 했다고 한다. 실제로 피아노 전공 입시를 앞두고 있는 한 여학생을 만난 적이 있다. 자신이 안에서 자물쇠를 걸어 잠그고 연습이 끝나야 밖으로 나온다고 했다.

무언가에 목숨을 걸 필요까지는 없겠지만 결정을 하고 나면 최선을 다해서 자신의 삶에 임한다면 어떤 것이든지 이루어질 것이다. "대충 할 것 같으면 시작도 하지 말라."라는 말은 적어도 자신의 삶을 진지하게 생각하고 행동하라는 것이다. 앞으로 120세까지 살 수 있다고 한다. 긴 시간을 살아가면서 잘 사는 것이 중요하다. 기본에 충실하고 탄탄하게 결과를 만들 수 있는 행동을 하는 것이 중요하다. 자신의 목표들을 그렇게 시작하고 만들어간다면 순조롭고 여유로운 삶이 될 것이다.

31년간 피아노 조율을 하면서도 이런 경험들을 많이 한다. 부조니 콩쿠르는 실력이나 특정 점수가 되지 않으면 우승자를 내지 않기로 유명한 피아노 콩쿠르다. 15년간 우승자의 점수가 나지를 않아서 콩쿠르 우승자를 내지 않았었다. 그런데 2017년 우리나라의 '박현정 피아니스트'가 우승을 한다. 많은 사람들이 우승 이후 그녀의 연주를 듣고서 기립 박수를 보냈다. 그만큼의 끊임없는 연습을 통해서 많은 연주자들은 성장하고 자신을 발전시킨다.

얼마 전 유튜브를 통해서 '김태원 클래스'라는 기타리스트 김태원 씨의 유튜브 TV를 본 적이 있다. 아주 어린 친구가 너무나 기타를 잘 치는 것이다. 패널로 나온 박완규 씨는 "하루에 몇 시간 기타를 쳐요?"라고 질문했다. "하루에 많이 칠 땐 10시간 기타 연습을 합니다."라는 대답을 들었다. 10살 정도 되는 나이에 하루에 10시간 연습이라니 참 대단하지 않은가?

뭔가를 시작하려면 확실하게 하기를 권한다. 탄탄하게 시작을 한다면 어떤 삶이든 성공하지 않을까 생각한다. 이 책을 읽는 많은 분들이 자신의 삶을 응원하고 스스로 만족하는 삶을 살기 바란다. 자신의 꿈을 이루기 위해서 많은 도전을 하고 있는 분들에게 응원의 박수를 보낸다. 앞으로 남은 삶도 경험하고 누렸던 것들을 만나는 많은 사람들에게 나눠주는 삶을 살아 볼 것이다.

어떤 것도 첫발을 내딛지 않는다면 이룰 수 있는 것이 없다. 일이나 목표를 향해서 죽도록 노력하지 말기를 바란다. 하루에 적어도 30분 1시간은 자신만의 시간을 갖기를 바란다. 자신이 걸어온 길들을 체크해 보고 앞으로 갈 길을 다시 점검한다. 잘 되는 식당은 왜 '브레이크 타임'을 갖는 걸까? 잠깐의 '쉼을 갖는 것' 그 시간에 다시 여러 가지를 점검하고 손님들을 맞을 준비를 한다. 바쁜 시간을 보낸 스태프들에게 작은 휴식이 된다.

하루에 30분, 1시간 일주일에 하루. 시간이 부족하다면 반나절이라도 한 달에 하루, 이틀이라도 온전히 자신만을 위한 시간을 보내라. '브레이크 타임'에 한숨을 돌리고 가볍게 자신을 점검하라. 그리고 목표를 향해서 지금 바로 힘차게 나아가라.